HARALD HURST

Mol gucke

HARALD
HURST

Mol gucke

GESCHICHTEN UND GEDICHTE

Silberburg-Verlag

Harald Hurst, 1945 in Buchen (Odenwald) geboren, ist im proletarischen Milieu der Karlsruher Altstadt aufgewachsen, als Pubertierender zur See gefahren, hat das Abitur auf dem Zweiten Bildungsweg erlangt und Romanistik und Anglistik für das Lehramt an Gymnasien studiert. Hurst wohnt in Ettlingen und vollbringt seit 1980 das tägliche Wunder der freien Schriftstellerei.

1. Auflage 2015

Schönbuchstraße 48, D-72074 Tübingen.

Umschlaggestaltung: Anette Wenzel, Tübingen,
unter Verwendung einer Fotografie von
Art-Tempto/Burkhard Riegels.
Druck: Freiburger Graphische Betriebe, Freiburg im Breisgau.
Printed in Germany.

ISBN 978-3-8425-1375-4

Inhaltsverzeichnis

Kompliment für drei, vier Sekunde

Isch er des?
oder isch er des net?
vielleicht ein Doppelgänger?
mein Mann hat noch g'sagt
des muss er sei!

ja guten Tag, Herr Hurscht!
mir hätte Sie jetzt
beinah net erkannt!

Sie sehe
momentan
aber gut aus!

Zigeunerzeit

Wenn die Rapsfelder blühe
wie's gelber net geht
wenn übers weite Himmelsblau
weiße Wolkeschiffle ziehe
wenn mir der Südwind beim Lüfte
die volle Aschebecher leert
Blätter vom Schreibtisch weht
wenn ein Habicht ohne Flügelschlag
hoch obe seine Runde dreht

dann packt mich ein Fernweh
schwer zu beschreibe
net dass ich ein Ziel hätt
ich kann nur net bleibe
muss raus aus meine vier Wänd
nur Himmel überm Kopf

es isch Zigeunerzeit
dehaim sterbe d'Leut!

früh morgens um zehn
des kann montags sei
geb ich mir spontan frei

pack meine Satteltasche
fahr grußlos am Nachbar vorbei
der im Vorgärtle schafft
Rindenmulch verzettelt
im Erdreich rumwühlt
als käm er net früh genug
selber dort nei

wie kann ein Mensch
zur Zigeunerzeit
so sesshaft sei?

ich schieß in de Wind
feg in Schräglag um d'Eck
winke zwecklos
ich dreh mich net rum
was ich vor mir seh
isch hinner mir schon weg
bin unnerwegs zum Horizont

Asphalt, Rollsplitt, Sand
bis sich die Häuser verliere
im freie Land
Streuobstwiese, Kukuruzfelder
Schrebergärte, Stadtrandwälder
fliege vorbei
nur den Fahrtwind spüre
ich hör mich
wie ich über d'Lenkstang schrei

Zigeunerzeit!
I'm on the road again!
dehaim sterbe d'Leut

immer de Sonn hinnerher
über de Rhein ins Elsass
nur ein Katzesprung
dann durch Frankreich quer
Paris lass ich rechts liege
zu viel Verkehr
dann weiter, immer weiter
Grobrichtung Bordeaux ungefähr
halt irgendwo ans Meer
bis ich mit de Stiefelspitze
im Atlantikwasser steh
wenn die Socke trocke sin
werd ich weiterseh
vielleicht nach links
an der Brandung entlang
nach Saint Jean de Luz
oder rechts zur Bretagne
Saint Malo oder so
dort war ich lang nimme

bei Grünwinkel im Biergarte
wär's Zeit für e Päusle
ich such mir en schattige Platz
in der Näh vom Ausschank-Häusle
dass mich die Bedienung sieht
lehn mei Torpedo-Dreigang-Rädle
an den Stamm vom Ahornbaum
mir zittere die Wade
des Hemd isch verschwitzt
ich bin jetzt doch e bissl müd
des merkt mer erscht
wenn mer so sitzt

ich bestell Straßburger Wurschtsalat
lass mir e Krügle Pils ausschenke
kalt beschlage mit viel Schaum
ich lehn mich z'rück im Zigeunerglück
wo gäb's jetzt en schönere Ort?
mit jedem Schluck
wird des Fernweh besser
geht wunderbar vorbei

mer muss a an de Rückweg denke
womöglich noch bei Gegewind

immerhin Grünwinkel
weiter muss es heut net sei.

Des isch ai'fach so

Ein Mann braucht eine Frau
dass er waiß
was er will

en Mann braucht e Frau
die ihn zielwärts treibt
sicher durchs Lebe bugsiert
dass er bei Luftsprüng
die Bodenhaftung net verliert
womöglich drobe bleibt

en Mann braucht e Frau
die ihn net lasst
wie er vorher war
die kai Ruh gibt
bis er zu ihr passt – wunderbar
die ihm nachts ins Ohr flüschtert
was er tagsüber mache sollt
bis er's halt macht
sogar gern
weil er glaubt
er hätt des g'wollt

en Mann braucht e Frau
die ihn zu was bringt
was er ohne sie net wär
die ihn mit zarter Hand
am Hemdzipfel vorwärts zieht
notfalls an de Krawatt
dass er sich net verzettelt
sich net verspielt
dass er am Lebensweg-Rand
net jeden bunte Schmetterling sieht

des isch ai'fach so
ein Mann braucht eine Frau
dass er waiß
was ihm blüht
ich kenn mich aus
auf dem Gebiet.

Mol gucke

In dem alte 2CV, dem Döschwo, war alles billig g'macht, halt e bissl primitiv. Die Sitze ware wie Campingstühl, mit Federhake am Gestänge eingehängt. Leicht und praktisch alles. Dass der Stoff irgendwann ganz reißt, hätt ich mir denke könne. Des Krache von de Näht beim Druffsitze hat immer bedrohlicher geklunge. Ich bin jedesmol verschrocke, wenn's ratsch g'macht hat.

Der Sitz g'hört repariert, bevor was passiert, hab ich mir immer g'sagt. In die Autosattlerei. Nächschte Woch. Mol gucke. Aber dann hab ich des widder vergesse, weil nie was passiert isch. An den kurze Schreck beim Druffsitze hab ich mich g'wöhnt. Des Ratsch war mit der Zeit ein normales Nebengeräusch. Wie viele bei dem Auto.

Ich geb zu, so bin ich halt. Ein Gewohnheitsmensch. Des hat auch die Marianne zunehmend an mir g'ärgert. Unner annerem. Ich verschreck lang, bevor ich was mach.

Es war ein strahlend blauer Freitag im Mai. Schon sommerlich warm. Ideales Ausflugswetter bei offenem Rolldach. Ich wollt zu meinem Stammwinzer in d'Pfalz rüberfahre. Sechs Kischte Leergut zurückbringe, volle Flasche mitnemme.

Mit e paar Handgriff hab ich den Beifahrersitz und die Rückbank rausgebaut, um Ladefläche für den Wein zu habe. Spargelzeit. Der Erwin hat einen hervorragenden Grauburgunder. Neuerdings sogar Chardonnay. Die Sitze hab ich im Keller deponiert. Bis Sonntag wäre die ruckzuck widder drin. Ein patentes Fuhrwerk, der Döschwo.

Am Sonntag hab ich meine Marianne zum Esse ins Elsass ei'glade. Anlässlich unseres Kennenlern-Tages vor zehn Jahr. Sie hätt sich aigentlich freue müsse. Aber sie hat nur so rumgedruckst. Ach, sie wüsste net so recht. Der Wetterumschwung. Migräne. Sie sei momentan dauernd so müd. So antriebslos. Ob mer des net verschiebe könnt?

Ich war sauer, Herrgott, muss ich drum bettle, jemand einlade zu dürfe? Manche Männer vergesse solche Privat-Feiertage. Die verschwitze sogar ihren Hochzeitstag! Kriege deshalb Ärger mit ihrer Frau! Bitte, ich hab daran gedacht! Und was war? Wir kriege beinah Krach, weil sie sich net freut! Aber ich hab net lockerg'lasst. Wenn ich mir mol vorg'nomme hab, jemand e Freud zu mache, zieh ich des durch. Sie hat kapituliert. Sie wollt wisse, welches Lokal. Wo? Ob ich denn überhaupt was reserviert hätt. Oder wie üblich net. Dass ich was vorausplane, könnt sie sich garnet vorstelle. Des ware alles so Spitze. Obwohl, in diesem Punkt hat sie Recht g'habt. Ich hab noch nie irgendwo einen Platz reserviere lasse. Schon deshalb, weil ich net waiß, ob ich komm. Außerdem find ich des spannend, wenn mer plötzlich umdenke muss. Besetzt? Was mache mer jetzt? Mol gucke!

Sie will halt alles vorher wisse. Lehrerin, typisch. Aber an dem Sonntag wollt ich ihr beweise, dass ich was organisiere kann. Ich hab ihr eine Seite von mir zaige wolle, die sie nach zehn Jahr nicht vermutet hätt. Ich wollt sie positiv überrasche.

Ihre Falte zwische de Auge hab ich übersehe.

»Überraschung! Eine Fahrt ins Blaue!«, hab ich g'sagt. »Ich hab alles schon geplant. Ganz spontan geht sowas net.« Immer noch ihr skeptischer Blick. »Was? Fahrt ins Blaue? Mit dir? War des mol net so? Also, wann am Sonntag? Net so früh, wenn's geht.« Sie hätt noch Aufsätz zu korrigiere.

Des hat schon so luschtlos geklunge. Ich hätt aigentlich abwinke solle. Komm, dann lasse mer's lieber. Stattdesse hab ich g'sagt: »Am Sonntag um fünf hol ich dich ab. Aber guck, dass du fertig bi'sch!« An de Haustür hat sie mir noch hinnerherg'rufe: »Aber bitte net früher!«

Sie war schon die ganze Zeit so komisch. Irgendwie verändert. Reizbar un launisch. Schroff, kratzbürschtig. Ständig hat sie an mir rumkritisiert. Nix hab ich ihr rechtmache könne. Wo sie früher über mich g'lacht hätt, amüsiert, hat sie nur noch d'Auge nach obe verdreht. Als sei ihr alles peinlich. Vielleicht schon die Wechseljahre, hab ich mir g'sagt. Sie kann sich selber net leide. Des geht vorbei. Die Hormone spiele verrückt. Heut, rückblickend, kann ich mir ihre Verhaltensänderung erkläre. Nachher isch mer immer schlauer. Wenn mer früher den Rückblick hätt, blieb einem vieles erspart. Aber dann gäb's kaum noch G'schichte zu verzähle. Immerhin, mit meiner Hormontheorie bin ich bei der Marianne net so verkehrt g'lege. Es war nur e bissl annerscht.

Gege Mittag bin ich zum Weinkaufe losg'fahre. Die übliche Nebegeräusche. Fehlzündung, Zündkabel feucht. Der Rege heut Nacht. Die Lenksäul knackt. Sollt mer mol gucke lasse. Schaltgestänge quietscht. Des g'hört mit Graphit g'schmiert. Mach ich bei G'legehait. Die Türe klappere. Die obere Fenschterhälfte fallt aus der Halterung, schlagt mir an den rausgelehnte Elleboge. Des ärgert mich jedesmol. Mit dem Arretierknopf müsst ich mir was ei'falle lasse. Alles soweit normal.

Nur ein wichtiges Nebegeräusch hat g'fehlt. Wieso hat der Sitz vorhin net g'ratscht? Ich hab nochmol gebremst. Probeweis hab ich mich extra schwer g'macht und drei, vier Mol in den Stoff plumpse lasse. Besser, der Sitz reißt im Stand als nachher beim Fahre. Nichts. Federt lautlos zurück. Ein Freund isch mir ei'gfalle. Der sagt immer: Vieles repariert sich von selber, wenn mer lang genug wartet. Mit einem soliden Sitzgefühl bin ich in die Pforzheimer Straß ei'geboge. Die leere Flasche habe geklirrt. Schönes Geräusch.

Eine einspurige Baustellestreck. Intervallampel. Motor aus. Den Gegenverkehr abwarte. Ich schnupper den Asphaltrauch. Ich mag den Teergeruch, wenn se d'Straß mache. Der erinnert mich an frühere Urlaubsfahrte nach Südfrankreich, Spanien oder Portugal. Fernweh-Tagtraum. Ich denk mich fort.

Es wummert was. Ich spür dumpfe regelmäßige Druckwelle am Zwerchfell. Im Rückspiegel ein schwarzer Golf, tiefergelegt. So ein junger Kerl hockt drin. Muskelshirt, Schildkapp, verspiegelte Sonnebrill. In dem Rhythmus, der mir ins Gedärm fahrt, haut der uff des Lenkrad. Er hat sich in sei Unnerlipp verbisse. Mit geschlossene Auge schlenkert der sein Kopf rum, als wollt er den abschüttle. Do wär net viel verlore, denk ich. Zum Abi hat der des Auto net kriegt! Herrgott, des rammdösige Techno-Gerumpel aus de elektronische Konservebüchs! Des isch Körperverletzung! Wehre kann mer sich net. Hebt mer sich d'Ohre zu, hört mer des im Bauch.

Luftdruckbremse zische. Hinner dem Golf ein Sattelschlepper. In der Fahrerkabin hoch obe ein Bild von einem Trucker. Der Manni, wenn ich spiegelverkehrt richtig les. Ein Schriftzug am Aluminiumtank. Der fahrt mit Flüssiggas durch d'Gegend. Hab ich net so gern in meiner Näh. Der Manni guckt zwische Bildzeitung und Ampel hin und her. Er beißt in einen Wurschtweck. Bei seiner Figur wär en Apfel besser.

Herrgott, die Ampel müsst doch langsam umschalte! Der Gegenverkehr isch durch. Womöglich die Anlage kaputt? Ich roll zentimeterweis vor. Dass die hinne merke, mir dauert des auch zu lang. Ich spiel sogar kurz mit dem Gedanke, zaghaft loszufahre. Ich geb Gas, aber im Leerlauf. Nur aus Protescht. Alles frei. Schon lang. Wie ein Idiot kommt mer sich vor!

Lieber Gott, bis ein deutscher Autofahrer kaltblütig über eine rote Ampel fahrt, des dauert! Im südlichen Ausland richte sich die Fahrer nach der Verkehrssituation.

Bei uns isch eine Ampel wie ein persönlich anwesender Polizeibeamter mit drei Auge. Guckt er rot, steht er breitbeinig im Weg, die Ärm in die Hüfte gestemmt: Unnersteh dich! Fahr jo net los! Des gibt Punkte in Flensburg! Guckt er gelb, zieht der die Braue hoch, streckt de Zaigefinger in d'Luft: Achtung! Fertigmache! Bei grün geht er zur Seit, schaufelt energisch durch: Jetzt aber los! Dalli, dalli! Hopp, hopp, hopp!

Er hat immer noch rot geguckt. Beamtenwillkür! Vor dem Innespiegel drück ich an'me Stirnpickel rum. Mit ausgeklappte Elleboge quetsch ich des Hubbele von alle Seite. An der verschwitzte Haut rutsche die Finger ab. Ums Verrecke will des net raus! Des hockt schon obe druff! Näher an den Spiegel. Mehr Druck.

Ein wütendes Hupkonzert! Ich schnalz hoch. »Grüner wird's net! Mann, ey! Gib Gas, du Penner!«, brüllt des Golfbürschle aus'm Seitefenschter. Der duzt mich, der Rotzlöffel! Im Zorn hat er sei Kapp rumgedreht. Verstellrieme vorne. Sieht noch blöder aus. Mit heulendem Motor drückt der vor. Schiebt mich beinah weg. Hetze lass ich mich net. Und wenn dem der Kapperieme platzt! Nötigung!

Der Diesel hämmert, schnaubt. Der Manni fuchtelt in seiner Kabin rum. Er schmeißt den Wurschtweck uff d'Ablag. Mit'm Handballe drückt er sein Signalhorn. Die Posaune von Jericho.

Oder Flüssiggas-Alarm. Ich fühl mich wie ein Pfropfe auf einer warme, g'schüttelte Sektflasch. Die Schaltung mit Linksdrall zu mir her. Getriebe kracht. Mit drei Hopser fahr ich los. Der Pickel halb ausgedrückt. Zweiter Gang. Dritter.

Jetzt bin ich am Drücker! Auf normale Straße bin ich hoffnungslos unnerlege. Ich muss bis zur Demütigung defensiv fahre. Mit einer Beschleunigung von 0 auf 100 in 50 Sekunde kann ich selte überhole. Ich brauch kilometerweit freie Straß vor mir. Auf Autobahne häng ich rechts im Windschatte vom Schwerverkehr. Schnauf den Auspuffdreck, sogar von rumänische Laschtwage. Wenn die merke, dass ich vor will, fahre die schneller. Absichtlich. Sie grinse zu mir runner, wenn ich mich hinter ihne widder ei'fädle muss. ›Entenjagen‹ haißt des Fernfahrerspiel gegen die Langeweile, hab ich mir sage lasse. Ab und zu brauch ich so eine im Bau befindliche Straße. Dort bin ich King of the Road.

Holprige Sandstrecke mit Bodewelle und Schlaglöcher sin für den Döschwo das ideale Gelände. Wo annere Fahrer Angscht um ihre Stoßdämpfer habe un langsam fahre müsse, bretter ich sorglos durch. Des Fahrwerkle schluckt alles weg. Genial ausgetüftelt. Vive la France!

Im Rückspiegel seh ich, wie der Golf jedes Schlaglöchle vorsichtig umfahrt. Ich freu mich an dem wachsende Abstand. In elegante und langgezogene Schaukelwelle entschwebe ich dem Kerl. Sein Golf nur noch ein schwarzer Punkt. Im Triumphgefühl schrei ich über die Schulter zurück: »Was isch, Bürschle? Wo bi'sch? Erscht drängle, dann ...!« Beim Vorgucke seh ich noch den Kanalstutze im Sand. Au, der guckt aber arg weit raus! Denk ich noch. Will ausweiche, bremse. Zu spät!

Dann isch's passiert. In Sekunde. Manchmol geht was so schnell, dass mer des nur schwer verzähle kann.

Ein furchtbarer Schlag. Ratsch! Ich sitz am Bode! Händ noch am Lenkrad obe. Tacho vor de Nas. Seh, wie schnell ich fahr. Aber nimme, wohin. Ich will bremse. Stampf nach dem Pedal. Komm net weit genug vor, nur mit de Schuhspitz. Zum Runnerdrücke langt's net. Weil ich in halber Rückenlage zwische dem Sitzgestänge verkeilt bin. Um die Hüfte rum. Hilflos. Wie in einer Schnappfall. Albtraum. Rechts über mir am Fenschter rase die rotweiße Holzlatte von der Absperrung vorbei. Orientierung! Immer de gleiche Abstand halte! Parallel lenke! Ein Holzbrett kracht quer über die Frontscheib, wirbelt fort. Es kreischt, schmirgelt am Bodenblech. Die eiserne Stäb vom Bauzaun. Umg'fahre. Ein Schatte springt von was Gelbem. Der rechte Außespiegel splittert ab. Haarscharf an einer Planierraup vorbei. Ich lass alles los. Duck mich unner meine Ärm. Auge zu. Ich wart, bis es kracht.

Es kracht net. Der Crash bleibt aus. Der Döschwo steigt vorne hoch. Es knirscht unner de Räder. Wie Kies. Gott sei Dank, ich fahr nimme! Ich roll sogar langsam rückwärts. Durch die Frontscheib seh ich den blaue Himmel. Ahornblätter. Eine alte Frau, die vom zwaite Stock aus'm Fenschter guckt.

Schnelle Stiefelschritte komme näher. Männer schimpfe un fluche. Die Scheibe fülle sich mit verschreckte G'sichter, die zu mir runnerstarre.

»Guck mol, des gibt's net!! Der hockt uff'm Bode!« Ein südländisch aussehender Arbeiter schreit: »Denk ich, bin verrickt! Seh ich Auto, wo fahrt, gibt nix Mann drin! Dunnerwetternochemole!« Er schmeißt sei Schaufel weg.

Im erschte Moment war ich für die ein durchgeknallter Amokfahrer. Sie wollte mich aus'm Auto zerre. Es dauert, bis die kapiere, was mir passiert isch. Dann Kopfschüttle, Gelächter, entspannte Kommentare. »Sowas hab ich noch nie g'seh! Du, Heinz? Den hat's glatt durch de Sitz g'haue!« Der Heinz beugt sich zu mir runner, zupft an'me Stoff-Fetze. »Franzoseg'lump!«, schimpft er. »Horch, du Komiker, kauf dir mol ein g'scheites Auto!« Ich heb d'Ärm. »Könnt mir jemand raushelfe? Ich bin ei'klemmt.«

Drauße ruft ein junger Kerl: »Halt! Lasst ihn grad noch en Moment drin sitze! Heb mol jemand die Tür uff!« Er geht in die Hocke, knipst mich mit seinem Handy. »Saugut!«, sagt er. Die Bilder wollt er ans Fernsehe schicke. SWR-Landesschau, Regio-News.

Sie habe endlich das seitliche Sitzgestänge von meine Hüfte weggeboge. Ein muskulöser Brocke Mann im karierte Flanellhemd lüpft mich unner de Ärm freiweg hoch, stellt mich drauße ab. Er muss nochmol zupacke, weil ich mit meine waiche Knie beinah wegg'sackt wär. »Geht's? Bi'sch verletzt?«, will er wisse. Ich nick un schüttel de Kopf. »Ja, was jetzt? Brauch'sch en Arzt?« Ich hör, wie einer sagt: »Ach woher! Der isch nur nebe de Kapp! Der hat'n Schock!«

Ich guck zu, wie die zu viert den Döschwo von'me Rollsplitthaufe runnerschiebe. Genau vor einem Baum. »Leck mich am Arsch, ha'sch du ein Glück g'habt!«, sagt der im Flanellhemd. Ich lass mich bei meinem stumme Fahrzeug-Check von niemand drausbringe. Bin glasklar im Kopf. Als könnt ich mir in einem Film selber zugucke.

Knick in der Stoßstang. Juckt mich net. Den rechte Kotflügel bieg ich soweit raus, dass er nimme am Rad schleift. Bissl verbeult. Dünnes Blech. Von inne drücke. Der Dalle ploppt raus wie aus einer Bierbüchs. Ich leg mich rücklings in de Sand. Verliert er Öl? Des Schmirgle vorhin am Bodeblech. Kein Tropfe! Ölwanne dicht! Blinkerkontroll. Der Heinz guckt. Vorne, hinne. Links geht, rechts net. Egal, links isch wichtiger. Zündschlüssel drehe, Gaspedal mit de Hand drücke. Motor springt an, ruhiger Leerlauf. Ich wär fahrbereit. Wenn ich irgendwo sitze könnt.

Ich krieg mit, wie der Handyknipser telefoniert. Von der Auskunft will er sich mit einer Abschleppfirma verbinde lasse. Mit drei Schritt steh ich nebe ihm, drück die Verbindung weg. »Lass! Brauch ich net! Des geht schon irgendwie!« Der Heinz lacht. »Ha, wie denn, du Komiker? Kann'sch du im Stehe fahre oder was?« Ich hab nur g'sagt: »Abwarte! Ich hab eine Idee!«

Sie drehe Zigarette. Es wird g'mault, sie müsste irgendwann weiterschaffe. Sie gucke mir zu, wie ich Flasche in de Kofferraum kipp. Wie ich eine leere Weinkischt umgedreht zwische des Rohrgestänge vom Fahrersitz stell. Passt ziemlich genau. Sie verkantet sich, sitzt auf halber Höhe fescht. Millimetersach. Der Flanellbär klopft mir auf d'Schulter. »Geh mol weg!« Mit vier Faustschläg an de Ecke hämmert er die Kischt voll runner. Er rüttelt zur Probe. »Sitzt bündig!« Ich bedank mich bei ihm. »Nur provisorisch. Bis zur Werkstatt. Drei Kilometer.« In einer grüne Ampelphase winke se mich raus. »Gute Fahrt, Komiker!« Der Heinz. Hinner mir bringe se die Absperrung widder in Ordnung.

Ich sitz e bissl niedriger. Aber ich seh genug. Aufrecht kann ich gut über den Heizungsschlitz gucke. Im Kreisverkehr dreh ich mehrere Runde zum Überlege. Werkstatt oder Winzer? Mit einem Ruck fahr ich ohne Blinker rechts raus. Der seitliche Halt war beim Originalsitz besser. Aber sonscht? Ich fahr Richtung Landau. In die Pfalz. Warum denn net? Es sieht doch niemand, auf was ich sitz!

Am Montag geht's in die Autosattlerei, nemm ich mir vor. Ein Dauerzustand isch des net. Obwohl, ich sitz besser als vorher. Im November war der TÜV fällig. Der Mechaniker im ›Autohaus mit Herz‹ hat mir wenig Hoffnung g'macht. Mit'm Schraubezieher hat er mühelos Löcher ins Bodeblech g'stoße. Roscht! Sogar an tragende Stelle. »Sehe Se des? Wie Keks!«, hat er jedesmol g'sagt. Ich hab ihn gebete, nimme weiter zu steche. »Ich glaub's! Höre Se uff!«, hab ich g'sagt. Soll ich für die paar Monat für en Haufe Geld noch en Sitz kaufe? Für de Schrottplatz? Lieber nachher mehr Wein.

Autobahn. Ich sitz uff meiner Weinkischt, Oberkörper kerzegrad, die Ärm weit zum Lenkrad vorg'streckt. Wie in'm spritzige Sportwage mit Direktlenkung. Gut für meine Bandscheibe. So hätt ich aigentlich immer sitze müsse. Jetzt bin ich dezu gezwunge.

Kandel Mitte raus. Durch die enge Durchgangsstraß mit parkende Autos. Im Vorbeifahre mein Spiegelbild in Schaufenschter. Ich schiel rüber. Guck, wie des aussieht. Irgendwie komm ich mir vor wie ein fröhlicher Zwerg. Ein dickes Kisse muss her. Net dass mich die Polizei bei einer Routinekontroll rauswinkt. Nur weil die wisse wolle, wie des unne weitergeht. Ob die Pedale behindertengerecht verlängert sind.

Sanftwelliges Hügelland. Weinberge bis zum Horizont, wo die Pfälzer Berge in die Vogese übergehe. Im blaue Dunscht La Ligne Bleue des Vosges. Ein herrliches Fleckle Erd.

Spargeläcker mit polnische Erntehelfer. Erdbeerfelder für Selbstpflücker. Saftig grüne Wiese mit Spalierobst. Äpfel, mit dene ich weniger a'fange kann. Aber g'sund. Birne für Williams, Mirabelle für en feine Edelbrand. Mein Lieblingsschnaps. Esskaschtanie zum so Esse oder als Füllung in der Martinsgans. Zwetschgebäum für Quetschekuche zur Grumbeersupp. Oder Kürbis in alle Forme, Größe und Farbe. Kürbissupp. Die macht die Marianne besonders gut. Es wachse sogar Mandel- und Feigebäum. Zur Mandelblüte wehe rosa Blätter über d'Straß. Manche fahre extra deshalb her. Ich denk an Mandelblättle in Butter bei Forelle Müllerin Art. Truite aux Amandes im Elsass. Feige mag ich net. Die bleibe in de Zähn hänge. Dann die Körnle. Aber auch die komme als Aromazusatz in de Senf.

In der Pfalz gedeiht alles üppig, wird sofort verschafft und zum Genuss veredelt. Nix verkommt. Alles landet über de Gaume im Bauch. In dem Schlaraffeland schmeckt ein Schwein schon nach Leberwurscht oder Saumage, wenn es sich noch vergnügt im Pfützedreck suhlt. Für die Marianne wär die Vorstellung schrecklich. Sie ernährt sich zunehmend vegetarisch. Aus Prinzip. Moralisch-ethisch begründet. Alles, was Auge hat – und so weiter. Nur bei Fisch macht sie noch ab und zu eine Ausnahme. Vielleicht weil mer einem Fisch, solang der noch lebt, net in d'Auge gucke kann. Außer als Taucher. Aber der sieht a immer nur aines. Jedenfalls muss ich ihr beim Serviere von einer Dorade immer vorher de Kopf wegschneide. Dann geht's.

Ich fahr langsam. Hab de Arm raushänge. Kaum Verkehr. Zeit, die Landschaft zu genieße. Weintrinkerlaune. Jetzt ein eiskaltes Viertel beim Erwin! Riesling. Ich seh des Glas vor mir. Es funkelt goldgelb in der Sonn, mit Tröpfle beschlage. Es isch nimme weit. So stell ich mir die Standardversion vom Paradies vor. Ein irdischer Garten Eden, sozusage, für die ai'fache Wünsch. Ein Ort, wo die Vorfreud nie länger dauert, weil mer alles bald kriegt.

Ich war schon vorbei. Ein idyllisches Verweilplätzle am Straßerand. Zu spät g'seh. Ich brems, fahr zurück ins kniehohe

Gras. Vor einem Weinberg ein mächtiger Nussbaum. Drunner ein grober Holztisch mit halbierte Baumstämm als Bänk. Zum Veschpere, wenn mer was hat. Ein verwittertes Kruzifix aus rotem Sandstein, vom Wind verschliffe. Der Jesus ohne G'sicht. Eine alte Traubepress mit rote Geranie, Schindeldach drüber. Auf einer lasierte Holztafel steht in Brandschrift ›Weindorf Niederkrottbach‹. Ein betonierter Feldweg zweigt ab. Ich hab eine Abkürzung entdeckt. Für e Zigarettelänge setz ich mich in de Baumschatte. Es wär schad, an so'm Plätzle vorbeizufahre, wenn mer Zeit hat.

Panoramablick weit übers Land. ›Die deutsche Toskana‹ steht in'me Heftle der Tourismuswerbung der Südpfalz. Warum sagt mer zur Toskana denn net ›Die italienische Pfalz‹? Aber des wäre vielleicht zu schmeichelhaft. Also für die Italiener.

Gut, die habe ihr Renaissance. Einmalige Kunstdenkmäler. Lucca, Arezzo, Siena, Pisa, vor allem Florenz. Vor Jahren war ich mit ›Hirsch‹-Busreisen dort. Alles abgeklappert. Schon beeindruckend, die Kultur. Ganz besonders, wenn mer alles erklärt kriegt. Sonscht däd mer womöglich an manche Sache grad vorbeidappe. An dem weltberühmte David von Michelangelo zum Beispiel. Der wär natürlich in der Pfalz net denkbar. Nur als verschmitzte Brunnenfigur. In der hängende Hand ein Duppeglas, aus dem weinsymbolisch Wasser plätschert. Wie sich des für en Brunne g'hört. Der Wasserumlauf muss natürlich aussehe. Des Problem löst ein kunstsinniger Sprengler.

Der Elwedritsche-Brunne in Neustadt fallt mir ei. Dort spritze skurrile, knubbelige Fabelwese die Passante nass. In unregelmäßige Abständ. Kultur? Ich waiß net. Jedenfalls im Moment eine nasse Überraschung. Oder in Edenkoben, dieses Lederstrumpf-Memorial. Ein Bronze-Getümmel mit lebensechte Figure, Trapper, Indianer, alles, was die kanadische Wildnis hergibt. Und natürlich widder mit Wassertransport. Es gibt in der Pfalz kaum trockene Plastik im öffentlichen Raum. Im Sommer ein beliebter Treffpunkt für ältere Harley-Fahrer. Was sollt eine Kunsthistorikerin zu sowas sage? Mer sieht doch alles! Dass ein ausgewanderter Edenkobener das Vorbild zu dem weltberühmte Roman von James Fenimore Cooper war? Die Biker höre ihr net zu. Die fahre weiter mit ihre Biberschwänz am Jeanskrage. Die sin selber Lederstrumpf übers Wocheend. Born to be wild.

Von der Vergangenheitskultur her kann die Pfalz mit der Toskana net mithalte. Studienrätliche Bildungsreisen lohne sich net. Es gibt keine Etruskergräber. Nur solche von Leut, die niemand mehr kennt. Dafür gibt es sowas wie eine Gegenwartskultur. Mit der muss mer zurechtkomme. Des sieht oft net arg kulturell aus. Alles passiert jetzt. Oder halt nachher. Wenn des rum isch, war's net so wichtig.

Obwohl, es finde sich auch hier steinerne Zeugen der Vergangenheit. Jede Menge bewirtschaftete Burgruine. Frühes Mittelalter. Mer sieht nur nimme viel von dene Gemäuer. Oft bloß noch e paar Buckelquader zwische Sesselliftstation und Aussichtsterrasse vom Lokal. Aber von dort ein herrlicher Rundblick über die Rheinebene. Über die Wipfel vom Pfälzerwald, der im Herbscht in alle Farbe leuchtet.

Wo gibt's in der Toskana so ein riesiges Waldgebiet mit einem dichte Netz von Verpflegungsstatione? Alle paar Kilometer Fußweg eine Lichtung mit fröhliche Wandersleut. Vor einer Blockhütt mit Schwenkgrill und Ausschank. Der Schoppe Wein drei Euro. Als Schorle, mit'me Spritzerle Sprudel drin, zwai Euro fuffzich. Do kann'sch in der Toskana lang suche! Eine trockene, staubige Gegend mit'me Haufe Renaissance drin!

Ich hätt ewig an dem Plätzle hocke könne. Jemand hat ein Herz in die Tischplatt g'schnitzt. Schade, dass die Marianne jetzt net debei isch, hab ich überlegt. Um die Stimmung mit mir zu genieße. Die Natur. Gemeinsam erlebt mer sowas doch intensiver. Außerdem hätt sie mich nach dem Weinkauf beim Erwin haimfahre könne.

Noch e Zigarett. Die verglimmt schnell. Der Wind raucht mit. Am Sonntag kenne mer uns zehn Jahr. Immer noch getrennte Wohnunge. Deshalb hat unsere Beziehung vielleicht so lang g'halte. Ich komm mit Fraue ambulant besser zurecht als stationär. Also dauerhaft in derselbe Behausung. Erfahrungssach. Ich brauch die Rückzugsmöglichkeit, meinen Auslauf. Wie eine Katz ihr Katzekläpple. Ich möcht halt jederzeit fort könne, um freiwillig und gern widder zu komme. Des gegenseitige Besuche war für mich in Ordnung. So hätt ich des lasse könne.

Die Marianne war weniger zufriede. Sie hat des Thema immer widder angesproche. Ob mer net endlich zusammeziehe sollte. Die Besucherei sei auf Dauer kein Zustand. Wir würde uns lang genug kenne. Nach der Scheidung von ihrem Mann hätt sie eine Mauer um sich gebaut, um sich nie mehr verletze zu lasse. Inzwische sei sie innerlich widder bereit, Nähe zuzulasse. Heirate wollt sie nimme, um Gottes wille! Aber sie hätt Luscht, den ganz normale Alltag mit jemand zu lebe. Mit mir könnt sie sich des vorstelle.

Des hat mir g'schmeichelt. Des isch immer g'fährlich. An der Stell hab ich beinah überzeugt geguckt. Dann hat sie mit ihrem große Haus mit Garte argumentiert. Wo sich jeder zurückziehe könnt. Seinen eigenen Bereich hätt. Ich bräucht des. Des wüsste sie. Und ihre Mutter? Die käm uns doch net in die Quere. Wohnung im Souterrain. Separater Eingang.

Die Mutter war für mich ein zusätzliches Problem. Die Frau war über achtzig, aber körperlich un im Kopf topfit. Sie war scheinbar sanft, still, friedfertig, beinah verhuscht. Mehr hat die net gebraucht, um sich durchzusetze. Ihre Domäne war die psychologische Kriegsführung. Der subtile moralische Druck. Des schlechte G'wisse von annere Leut, speziell von ihrer Tochter. Mich hat sie nie richtig leide könne. Ich war net manipulierbar. Manchmol hat die Marianne unser Alter ins Feld g'führt. Sie sei ein paar Jährle jünger als ich, immerhin. Der Besucherstatus sei für sie keine Perspektive. Sie könnt sich net vorstelle, dass ich in zehn Jahr immer noch als Besucher vorbeikäm. Nach telefonischer Vereinbarung. Bis dahin vielleicht mit'm Rollator im Auto. Des sei doch lächerlich! Deprimierend!

Ich hab versucht, solche quälenden Gespräche zu verschleppe, irgendwie im Sand verlaufe zu lasse. Die Aussicht auf einen Alltag mit durchgängiger Präsenzpflicht ohne Besuchszeite hat mich eher verschreckt. Aber des wollt ich ihr net so direkt sage. Meine Ablenkungsmanöver habe net immer geklappt. Sie wollt definitiv wisse, wie des mit uns jetzt weiterging. Ich hab dann immer g'schwitzt. Mol gucke.

Komisch, solche Diskussione habe mer schon lang nimme g'führt. Des leidige Thema isch für sie anscheinend komplett erledigt. In letschter Zeit hör ich keinen Ton mehr von derartige Zukunftsplän.

Ich drück mei Zigarett auf dem Holztisch aus. In dem g'schnitzte, schon lang vernarbte Herz. Den Tabak verkrümel ich im Gras. Jetzt spür ich an de Hüftknoche ein Ziehe un Brenne. Hinner dem Sockel vom Flurherrgott lass ich mei Hos runner. Tatsächlich, blutige Kratzer seitlich. Die Federhake von dem durchgekrachte Sitz. Dehaim Jod druff. Was soll's? Ich hätt vorhin dod sei könne! Ein Traktor mit Anhänger biegt in den asphaltierte Feldweg ei. Der Bauer guckt bös, als er mich sieht, schüttelt missbilligend de Kopf. Ich zieh mei Hos widder hoch, mach de Gürtel zu. Ich zuckel hinner seine Erdbeerkischte her. Überhole geht net. Zu schmal. Ich hab Zeit.

Es geht durch hügeliges Rebland. Bis aus einer Talsenke des spitze Kirchtürmle von Niederkrottbach hochsteigt. Außerum, dicht gedrängt, die alte Ziegeldächer. Viele mit Solarplatte. Ich roll langsam an der Dorflinde mit Rundbank vorbei. Dann links ab in die Keltergass. Ich bieg in den gepflaschterte Innehof vom Weingut Sarbacher. Durch den Torboge aus Sandstein, die Jahreszahl 1786 im Sturz. Beim Ausrolle ruf ich mit schrägem Kopf durch des hochgeklappte Fenschter: »Bleib doch hocke, Erwin!« Der lasst sich erleichtert in sein Korbsessel falle.

Vor einem Jahr hat er e Schlägle kriegt. Seither isch er halbseitig in der Mobilität eingeschränkt. Ein Veterinär würd sage, er lahmt links. Er hat Glück g'habt. Das Sprachzentrum war net direkt betroffe. Die Wörter forme sich im Kopf. Es klemmt nur dort, wo se rauswolle. Er lallt. Als müsst er en zähe Brei rauswürge. Des Zuhöre isch anstrengend. Über weite Strecke versteh ich ihn net. Des lass ich ihn net merke. Ich kenn sowieso seine Sprüch, seine alte Witz. Die schwerzüngige Version dauert bloß länger. Wenn er lacht, lach ich mit. Er freut sich immer, wenn ich alle halbe Jahr zum Weinkaufe komm.

Die Arbeit im Weinberg, des Ausbaue im Keller und die Verkaufsstrategie macht sein Sohn. Der hat Önologie studiert. Die Schwiegertochter macht des Kaufmännische, organisiert den Vertrieb. Seine Frau, ›moi Frä‹, wie er sagt, schmeißt den Haushalt, kümmert sich um die Urlauber in der Ferienwohnung. Rentner aus'm Ruhrpott. Aus Bottrop oder Castrop-Rauxel.

Späte Genusswanderer, könnt mer sage. Sie macht Frühstück. Sonscht hat sie mit dene Gäscht wenig G'schäft. Die packe morgens ihre Teleskopstöck ins Auto. Wenn die obends zurückkomme, habe die mehrfach g'esse. Sie nemme ihre Herz- und Cholesterintablette, verschwinde in ihrem Domizil mit Wohnküche und Fernseher. Am erschte Obend komme die vielleicht nochmol runner in des idyllische Höfle. Um beim Dämmerschoppe Dornfelder ihren Tag stimmungsvoll ausklinge zu lasse. Aber an dem Tisch unner der Weinblätter-Pergola hockt halt der Erwin, den sie net verstehe. Schon vom Dialekt her. Nach dem Schlägle isch's ganz aus. Sie trinke ihren Absacker lieber uff'm Balkönle von der Ferienwohnung.

Im operativen Geschäft isch er nimme, der Erwin. Er repräsentiert bloß noch die Tradition. Zuständig für die Altkunden-Betreuung beim Direktverkauf. Also für mich. Der schattige Mauerwinkel isch sein Büro. Dort sitzt er im Halbschatte von einem uralte Rebstock, der mit seinem Blätterdach den Hof überwuchert. In Griffweite den Kühlschrank für die Probierflasche Weißwein, den er großzügig ausschenkt. Ein Regal für alle Rotweinsorte. Dornfelder, Sankt Laurent, Regent. Sogar im Holzfass gelagert. Barrique. Neumodische Fürz vom Sohn. Net mei Sach. Beim Erwin kauf ich nur Weißwein. Vom Edelstahltank. Sauber, ohne Fremdgeschmack.

Er sitzt vor mir an dem runde Tisch mit weißem Wachstuch. Nebe sich de Rollator. Kuli mit Bestellblöckle parat. Ein Bild von einem alte Pfälzer Weinbauer. Die ausgebeulte Cordhos an Hosenträger auf Magenhöhe gezoge. Des weiß g'wesene Unnerhemd mit Soßeflecke, Rotweinspritzer. Spure von Verkaufsgespräche, vom Mittagesse zwischedurch. Ein grasgrünes Strickjäckle, drüber sein Schaffkittel aus blauem Drillich.

Ich war schon sonntags zum Weinkaufe dort. Damals mit der Marianne. Länger her. Sie geht schon lang nimme mit. Dann hat sich der Erwin fein g'macht. Rausgeputzt auf seine Art. Westernhemd aus glänziger Dralon-Seide, bogenförmige Abnäher quer über der Bruscht. Wie der Elvis. Um de Hals so eine schwarze Zierkordel mit Schmuckschieber. Stierkopf mit lange Hörner. Cowboykrawatt. Jeans mit Bügelfalte. Statt Hoseträger ein Ledergürtel mit einer prächtige Messingschnall in Hufeisenform. Ein spindeldürrer Ben Cartwright im Sonntagsstaat. Ich kann mir net helfe, es gibt sowas wie eine innere Pfälzer Sehnsucht nach der amerikanischen Pionierzeit. Nach Prärie, Lagerfeuer, Hufschlag und Squaredance. Kein Weinfescht in der Region, bei dem die Band net mehrfach ›Country Roads‹ spielt. Und alle singe so echt ergriffe mit, als sei die Südpfalz in West Virginia. Net umsonscht kommt der Lederstrumpf aus Edenkoben.

Aber des G'sicht vom Erwin mit der Batschkapp lenkt von jedem Outfit ab. Des wär ideal als Umschlagfoto für einen Portraitband ›Charakterköpfe der Pfalz‹. Wie aus einem Block Rebholz mit dem Beil grob rausg'haue. Erscht als Dämon mit tiefe Furche und böse Kerbe. Dann mit'm Schnitzmesserle zu einem knitze, gutmütige Wurzelmännle korrigiert. Von allem hat er was, je nachdem wie er unner seine Schlupflider in d'Welt guckt. Ein feines Netzwerk von lila Äderle überzieht die Haut, wird unner seine Tränesäck dichter. Die wucherige Nas leuchtet beinah entzündlich rot. Also, blindes Schicksal war des Schlägle net. Des hat er sich durch vergnüglichen Missbrauch über Jahre redlich verdient.

Mit dem g'sunde Arm will er die Katz vom Tisch jage, als dürft die des normal net. Aber die guckt nur kurz hoch, gähnt, streckt sich und lasst sich uff die anner Seit falle. Ich zieh sie auf der Rheinpfalz-Zeitung behutsam zum Tischrand. »Lass se doch weiterschlofe, Erwin. Mich stört die net.«

Vom Küchefenschter ruft sei Frau, die Lisbeth, über de Hof: »Sinner a mol widder do?« Als sei ich mehrere Männer. Seid ihr – genau so drückt mer sich aus, wenn mer jemand lang kennt, aber net duze will. De Erwin dreht die Probiergläsle um, beugt sich zum Weinkühlschrank. Ich greif nach seinem Arm. »Horch, Erwin, ich muss heut langsam mache mit Probiere!« Ich verzähl ihm von dem Unfall. Durch die offene Autotür zaig ich ihm den provisorische Sitz. Ob ich ihm des nagelneue Kischtle abkaufe könnt. Ich bräucht's halt zum Heimfahre. Er winkt ab. Er lacht mit seinem Schlitzmund über des ganze Runzelg'sicht. »Lisbeth! Frä! Alla, kumm emol!«, ruft er Richtung Küch. Die Frau Sarbacher schläppelt über de Hof. Sie wischt sich d'Händ an ihrer Kittelschürz ab, um mich zu begrüße. Ein feuchtwarmer Händedruck. Sowas mag ich net. Weil ich net waiß, was sie vorher g'macht hat. Sie bestaunt den Fahrersitz. »Gebt's denn des? Sage'ner bloß, ihr henn uff dem Woikischtl vum Badische riwwergemacht?« Ich nick, putz meine Handfläche unauffällig an meine Jeans ab.

So Weinverkostungen in rechtsrheinischen Genießerkreisen kann ich überhaupt net leide. Wo ich mit'm Trinke warte muss, bis mir ein Sommelier endlich erklärt hat, wie der Wein vor mir zu schmecke hat. Komplexe Aromen von Waldbeeren, Zimt, Muskatnuss, grünen Äpfeln, Litschi. Lieber Gott, es kommt selte vor. Aber wenn mir nach grüne Äpfel wär, ess ich halt en grüne Apfel. Muskat mach ich in de Kartoffelbrei. Litschi schmeckt mir schon ohne Wein net. Eine Trinkerei wie im Labor. Zudem widerstrebt es mir, den Wein in Tonkrügle zu spucke. Ich komm mir dabei undankbar vor. Wie soll ich sage? Des isch für mich wie'm Herrgott vor d'Füß g'spuckt. Ich krieg öfter Einladunge zu solche Events. Wenn's geht, dann sag ich ab. Ein Wein schmeckt mir. Oder er schmeckt mir halt net! Fertig, aus!

Ich hab die Probiergläsle wegg'schobe. Vom Erwin hab ich mir ein Viertel Riesling ei'schenke lasse. Bei dem bin ich gebliebe. Wenn mer schon auf einer Weinkischt durch d'Gegend fahrt, sollt mer halbwegs nüchtern bleibe. Später hab ich nur noch e winziges Schlückle von dem neue Chardonnay mit Bronzemedaille versucht. Beschreibung: Typischer Frauenwein. Blumig, fruchtig, sehr gefällig. Tänzelt elegant über die Zunge. Schmeichelt um den Gaumen. Schmeckt so nach ›Küss die Hand, Madame‹. Bevor er dann spurlos verschwindet. Ein Blender.

Ich nemm e Kartönle, sechs Flasche, für die Marianne mit. Als Mitbringsel bei ihrem Geburtstag Ende Juli. Der Wein liegt heut noch bei mir im Keller. Hatt ich des wisse könne?

Ich hab zügig nach der Preislischt bestellt. Acht Kischte hab ich mit dem Sackkarre über den holprige Hof zum Auto g'rollt. Als Treuerabatt hat mir der Erwin noch e Fläschle Gewürztraminer Spätlese zug'steckt. Ich bin abfahrbereit im Auto g'sesse. Der Erwin gibt mir zu verstehe, dass ich nochmol aussteige soll. Auf der Ablag vom Rollator bringt er mir e Kisse von sei'm Probierstüble. Dass ich bequemer, vor allem höher sitz. Rückwärts fahr ich durch den Torboge in die enge Gass. Ohne Rollator, nur mit sei'm Gehstock humpelt der Erwin nebe mir her. Mit dem bewegliche Arm winkt er mich raus. Ich hör noch, wie sei Lisbeth durchs Küchefenschter schimpft: »Nemm doi Wägelsche! Wann du sterze du'sch, pfleg ich disch nimmi! Dass du des wä'sch!«

Die Stimm bleibt mir im Ohr. Muss schön sei, z'amme alt zu were. Jemand zu habe, wenn mer klapprig wird. Mit herzwarme Gedanke an die Marianne bin ich durch die Weinberge g'fahre. Wär sie jetzt nebe mir g'sesse, ich hätt ihr vermutlich vorg'schlage, unsern Kram endlich z'ammezuschmeiße. Spontan, aus meiner momentane Stimmung raus. Vielleicht gut, dass sie net dabei war. G'schwätzt isch schnell. Bei unserem Ausflug am Sonntag vielleicht. Mol gucke.

So bin ich über de Rhein ins Badische gegondelt. Der Döschwo war überlade. Bei leichte Bodewelle kratzt der Auspuff am Asphalt. Es sitzt sich gut uff dem Kisse vom Erwin.

Bei Knielingen eine Stress-Situation. Im Rückspiegel ein blau-weißer Passat mit Leuchtbalke. Blut schießt mir in de Kopf. Polizei! Alkoholkontrolle wär mir egal g'wese. Des Viertel Wein war versurrt. Aber die verfluchte Weinkischt! Die überhole ums Verrecke net!

Jetzt net zu schnell, net zu langsam fahre. Schwierig, wenn der Gasfuß zittert. Schnurgrad in der Spur bleibe. Wie auf Schiene. Aber net so, dass es verkrampft wirkt, als müsst mer sich konzentriere. Locker bleibe! Herrgott, seit bald fünfzig Jahr hat mer de Führerschein! Ziemlich unfallfrei. Mit dene Brüder im G'nick kann mer plötzlich nimme Auto fahre! Ich könnt rechts raus. Richtung Graben-Neudorf. Ein Umweg. Des wär mir egal. Hauptsach, ich bin diese lauernde Geier los! Des akustische Signal knackt schon. In dem Moment fallt mir ei, dass der Blinker rechts net geht. Also gradaus weiter, in Gotts Name! Blick in de Rückspiegel. Die sin weg! Sie überhole mich, aber die Kell kommt net raus. Ich guck so gleichgültig wie möglich rüber. Jetzt nur net erleichtert aussehe! Sie verschwinde mit Blaulicht im Tunnel. Einsatzmeldung. Grad noch rechtzeitig irgendwo was passiert. Glück g'habt!

Ohne weitere Vorkommnisse roll ich durch die Altstadtgasse direkt vor meine Haustür. Be- und Entladen erlaubt. Ich schlepp den Wein in mein Keller. Der Beifahrersitz für die Marianne isch schnell ei'gebaut. Mein Weinkischte-Sitz hat sich bewährt. Lasst sich noch verbessere. Mol gucke.

Obends wollt ich die Marianne a'rufe. Ihr von dem Unfall verzähle. Bis Mitternacht hab ich's hartnäckig probiert. Aber immer nur ›The person you are calling is temporarily not available. Please try it again later‹. Am Handy ihr Sprachbox. ›Der von Ihnen gewünschte Teilnehmer nimmt nicht ab. Wenn Sie eine Nachricht hinterlassen wollen, sprechen Sie jetzt – beep.‹ Ich hab irgendwann den Hörer uff d'Couch gepfeffert vor Zorn. Dass die Batterie rausg'falle sin. »Herrgottnochmol, des gibt's doch net!«, hab ich gebrüllt. »Wer heutzutag net erreichbar isch, kann bloß nirgends sei!« Ich kann doch meiner Lebensgefährtin net zwische zwai Piepstön von einem Unfall mit beinah tödlichem Ausgang verzähle. Quasi von einer Nahtod-Erfahrung. In einer elektronische Schwätzpaus!

Wozu hab ich denn meine Rufunterdrückung bei der Telekom rückgängig mache lasse? Nur auf ihren Wunsch hin! Damit sie auf dem Display mei Nummer sehe könnt, hat se g'sagt. Dann wüsste sie, dass ich des bin, der Gerd. Also, ich waiß net. Seither war sie immer öfter ›not available‹. Ich hab damals net weiter überlegt. Vor'm Fernseher bin ich ei'gschlofe. Es war an dem Tag doch e bissl viel.

Am Samstag war ich schon um halb zehn im Baumarkt. Wenn mer was Sinnvolles vorhat, kommt mer leichter aus'm Bett. Ich hab überlegt, ob ich so ein Tackergerät kaufe soll. Mit dem kann mer die Stahlklammere ins Holz schieße. Des ging schnell. Aber getackert sieht halt billig aus. Ich hab mich für spezielle Polschternägel aus Messing mit große Zierknöpf entschiede.

Dem Verkäufer hab ich g'sagt, ich wollt ein antikes Sofa neu beziehe. Im Getränkemarkt hab ich e Sechserträgerle Bier zum Schaffe gekauft. Von einer Brauerei im Schwarzwald. Des trinkt mer normalerweise immer aus de Flasch, so kultmäßig.

Ich bin handwerklich wenig begabt. Hab zwai linke Händ, wie mer so sagt. Aber im Improvisiere bin ich gut. Es macht mir Spaß, wenn was Kaputtes widder funktioniert, nur annerscht. Was ich provisorisch repariert hab, bleibt oft lang in Betrieb. Ein Notbehelf wird oft zum Dauerzustand. Im Haushalt, aber besonders im Auto.

Die abgebrochene Antenn hab ich durch einen Draht mit Peilschlaufe ersetzt. Mit dem Empfang bin ich net ganz zufriede. Die Trennschärfe. Es wechsle halt oft die Sender oder komme gleichzeitig. Wenn ich net fahr, dann geht's. Im Stehe bleibe die Sender halbwegs stabil. Aber bei jeder Richtungsänderung radikaler Programmwechsel. Live-Reportage von'me KSC-Spiel aus dem Wildparkstadion. Ich bieg um d'Kurv. Plötzlich ein klassisches Klavierkonzert, glasklar. Dann, nur ein Einschlag am Lenkrad. Es wird französisch. Pferderenne in Saumur. Des isch ärgerlich. Ich könnt mol Kupferdraht probiere. Der leitet vielleicht besser. Mol gucke. Der Motor im 2CV isch sowieso zu laut zum Radiohöre.

Aber uff mei Aschebecher-Patent bin ich stolz. Besser als das Original! Die blecherne Federzung zum Rausziehe war aus der windige Plaschtikhalterung gebroche. Ich hab lang rumgetüftelt. Jetzt lasst sich des Schublädle viel weiter rausziehe. Nur des Leere isch schwieriger. Vorher hab ich mit'me Daumedruck uff die Blechlasch des Fach in de Hand g'habt. Ich hab's durch den Türschlitz g'schwind auskippe könne, wenn uff'm Parkplatz grad niemand geguckt hat. Zack, war's widder drin. Jetzt muss ich schon aussteige un mit'me Flachzängle schaffe. Aber ich wollt sowieso im Auto schon lang nimme rauche.

Mein Improvisationstalent hat die Marianne früher amüsiert. Sie hat oft lachend de Kopf g'schüttelt. Ich sei so herrlich verrückt, hat se g'sagt. Ein lieber Spinner. Sie hat mir en Kuss g'ebe. Wir ware halt noch frisch verliebt. Heut guckt sie eher gequält weg. Oder ignoriert meine Begabung auf dem Gebiet ganz.

Den ganze Samstagnachmittag hab ich an dem Sitz g'schafft. Es hätt schneller gehe könne, wenn net laufend jemand stehegebliebe wär, um zu erfahre, was des gibt, bis es fertig isch. Nachbarn, Bekannte, Passante. Ich kann sowas halt nur uff de Straß mache. In meinem Anwohnerbereich. Also öffentlich. D'Leut sin neugierig.

Ich hab verzählt, der Sohn von meinem Freund wollt heirate. Ich hätt dene junge Leut versproche, sie bei der Hochzeit im Döschwo zu fahre. Die hätte sich des gewünscht. Originell, ein Hauch Nostalgie. Ich wollt des Auto für den feierliche Anlass herrichte. Mit der Zeit hab ich diese Hochzeitsg'schicht ausg'schmückt. Über die Motorhaube käm natürlich ein Bouquet mit dunkelrote Baccara-Rose und Margerite. Auf Wunsch der Braut. Symbolisch für Leidenschaft und Unschuld. So Zeug isch mir ei'gfalle. Wenn mir die Zeit noch langt, wollt ich sogar im Fond für des Brautpaar eine Getränkekonsole ei'baue. Für Champagner mit Gläser. So als Überraschungsgag. Ich hab beinah selber an die G'schicht geglaubt. »Was macht mer net alles für den Sohn von'm alte Freund!«, hab ich g'sagt. Mit Nägel zwische de Lippe hab ich weitergeklopft.

Manche Bemerkunge hab ich überhört. »Schau mal, der baut sich ein Papamobil!«, hat jemand im Vorbeigehe zu seiner Frau g'sagt. Der Herr Sulzer aus meiner Gass hat den halbfertige Sitz bestaunt. Er hat sich an einen Urlaub in Andalusien erinnert.

Um Oschtern in der Santa Semana. Bei einer Prozession hätte die Dorfbewohner eine Statue der Jungfrau Maria durch die Straße getrage. Auf genau so einem Sockel mit weiße Spitze! Des Brautpaar könnt sich freue.

Um sechse obends war ich fertig. Was mer mit e bissl Tüftler-Know-how aus einer Weinkischt net alles mache kann! Ich hab des Kisse vom Erwin drüberg'legt. Als Bezugsstoff hab ich im Wäscheschrank ein sogenanntes Paradekisse entdeckt. Aus dem Nachlass meiner Mutter. Sowas wird heut nimme gebraucht. Ich hab's nie fortschmeiße könne. Der weiße Leinenbezug war prächtig verziert. Geklöppelte Spitzen am Rand. In der Mitte ein gehäkeltes Monogramm. Alles Handarbeit. Der Bezug war in der Größe genau richtig. Er fallt seitlich locker, hängt mit der Spitzebordüre am Bodeblech. So war die Kischt perfekt kaschiert. Ich hab den doppelte Stoff über des Kisse g'spannt und mit meine Ziernägel am Kischterand feschtg'nagelt. Exakt im Abstand von einem Zentimeter. Dass der altersbrüchige Stoff net ausreißt.

Am Bordsteinrand hab ich des letschte Bier getrunke, hab mein Werk begutachtet. Designermäßig! Eine geglückte Verbindung von schön und funktional. Nur die alte Rückelehne hat mich g'stört. Am Montag könnt ich mir beim türkische Änderungsschneider en passende Bezug nähe lasse. Mol gucke. Ich hab mei Werkzeug z'ammegepackt. Ich hab mich g'freut auf morge. Bis ich der Marianne den geniale Umbau vorführe könnt. Kein Flickwerk, sondern eine echte Erfindung. Ein Unikat! Vielleicht wär ich dann widder der liebenswerte Spinner. Wie früher.

Nach der Tagesschau hab ich sie nochmal a'grufe. Ich hab's lang klingle lasse. Endlich, ihr Stimm: »Ja, Gerd. Was gibt's?«

Am Raumklang hab ich g'hört, dass sie vom Bad aus telefoniert. Ich wollt ihr von dem Unfall verzähle. Bei dem durchgebrochene Sitz hat sie nur g'lacht. »Des sieht dir ähnlich!« Dann müsst mer den Ausflug morge halt verschiebe. Ihr Volvo sei in der Werkstatt. »Kein Problem! Ich hab den Sitz repariert! Heut Nachmittag hab ich ...« Es klirrt. Die Sache von der Ablag unnerm Toilettespiegel falle ins Waschbecke. Parfümfläschle, Cremedösle, Zahnputzbecher. Ich kenn des Geräusch. Wenn ich ung'schickt nach meiner Zahnbürscht greif. Ich bin öfter bei ihr als sie bei mir. Sie lacht, ohne dass ich was g'sagt hätt. Ein Schlüssel dreht sich im Schloss. Ich sag: »Ha'sch Besuch?« Es platzt aus ihr raus, als hätt ihr jemand ein Klebeband vom Mund wegg'risse: »Ja, die Sabine! Eine alte Freundin aus der Heidelberger Zeit. Vom Lehrerseminar. Die hat nur Quatsch im Kopf. Wir habe Sekt getrunke. Nachher koch ich was. Spaghetti.« Ich will was sage. Aber ich hab des G'fühl, sie hört mir net zu. Sie will unser Gespräch schnell hinner sich bringe. Deshalb lass ich sie schwätze. Die Sabine sei überraschend vorbeikomme. Spontan. Station auf der Durchreise von Würzburg nach Schopfheim. Ihre alte Eltern besuche. Sie seie damals dicke Freundinne g'wese. Sie hätte so viel zu erzähle. Die Sabine würde bei ihr übernachte. Morge wollte sie g'mütlich frühstücke. Kratze an der Tür. Diese Sabine miaut. Die Marianne lacht durch d'Nas. Ich Depp sag noch: »Des isch a besser so. Die kann nimme fahre. Aber gell, es bleibt bei morge um fünf!« Ob sie des noch g'hört hat, waiß ich net. Sie war plötzlich weg.

Ich hab noch in'me Heftle geblättert. ›Kulinarische Streifzüge durch die Region.‹ Die Seite war noch verklebt. Ich wollt mir Telefonnummere zum Reserviere notiere. Dass morge alles klappt. Bei dene farbige Bilder hab ich Hunger kriegt. Rehrücken Baden-Baden, Zander in Rieslingrahm auf Wirsingbett. Im

Licht vom Kühlschrank wollt ich mir e Scheib Brot mit Lachsersatz richte. Beim Hochziehe von dem Deckel, vorschriftsmäßig an der gestrichelt markierte Eck, verspritz ich mir des Hemd. Sonnenblumenöl. Von obe bis unne. Ich geh ins Bett.

Der Sonntag war drückend schwül. Mit einer grelle weißliche Sonn am Himmel, unsichtbar, aber stechend. Ein bleierner Tag. Beim späte Frühstück um die Mittagszeit war ich froh, dass wir uns erscht um fünf verabredet habe. So hab ich außerdem noch Zeit g'habt, mir ein Lokal zu überlege, wo ich reserviert hätt. Des war wichtig. Die Marianne sollt mich von einer ganz annere Seit kennelerne. Als ein Mann, der vorausschauend plant, net alles dem Zufall überlasst.

Ich hab sogar gege meine Gewohnheit in e paar Lokale a'grufe. In einer bekannte Spargelwirtschaft in Hügelsheim. Bei einem Fischrestaurant am Baggersee in Leopoldshafen. Alle net weit, mit Terrasse. Aber für den Obend schon belegt. Im Dämmerschlof hab ich meine beschte Idee. In so'me leichte Schlummerzustand. Uff de Couch. Ich hätt mir de Wecker stelle solle. Ich bin grad noch rechtzeitig uffg'wacht, um mir e weißes Hemd zu bügle. Im Bad hab ich noch g'schwind mei Fingernägel g'schnitte. Fraue gucke uff sowas, besonders beim Esse. Die Marianne hat mich öfter ermahnt, ich sollt mich mehr pflege. An der Wohnungstür bin ich nochmol zurückg'rennt. Herrenparfüm vergesse. ›Kouros‹ von Yves Saint Laurent. Normalerweis geh ich sparsam mit dem Zeug um. Heut net!

Ich bin pünktlich bei ihrem Haus im Holunderweg vorg'fahre. Es isch oft schwierig, in dem Wohnviertel en Parkplatz zu kriege. Ich hab Glück. Nebe ihrem Grundstück fahrt grad ein kobaltblauer Nobelschlitte weg. Exklusives Fuhrwerk. Dreizack am

Heck. Ein Maserati. Sieht mer selte. Passt net in die eher biedere Eigenheim-Siedlung aus de Siebziger. Ich wink zum Dank durchs offene Dach. Der Fahrer, braungebrannt, mit graumelierter Restmähne unnerm Panamahut, reagiert net. Ein gut betuchter Senior mit jugendlichem Abglanz, denk ich noch. Wer in so einem Auto sitzt, sieht nimme alle Leut. In die Lücke hab ich lässig vorwärts ei'parke könne. Hinner der Gardin seh ich die Marianne winke. Sie hat mich anscheinend schon erwartet.

Durch den Vorgarte kommt mir eine Frau entgege. Weißes Leinenkleid, die unnere Knöpf bis übers Knie offe. Rote Pumps mit hohe Absätz. Ein hauchdünner Seideschal, mit Klatschmohn bedruckt, weht um ihren Hals. Wär mir die Marianne zufällig uff de Straß begegnet, ich hätt sie net sofort erkannt. Aber mich garantiert nach ihr umgedreht.

Ich bin verschrocke. Sie war beim Friseur. Aber net wie immer. Nur Spitze schneide, schulterlang. Brauntönung wege ihre erschte Silberfäde. So wie ich des seit zehn Jahr bei ihr kenn. Ich hab nie g'sehe, wenn sie beim Friseur war. Jetzt steht sie vor mir mit einem kupferrote, so asymmetrisch verschnittene Bubikopf. Links bis zum Kinn. Rechts stupfelig hochrasiert bis übers Ohr. Eine gelbe Strähn hängt ihr in die Stirn. So kreative Friseursfürz! Hair-Art!

Ich versuch, den Schreck zu überspiele. Aber ich war stocksauer. Solche radikale Veränderunge muss mer mit seinem Lebenspartner doch vorher bespreche! Es geht net um die Erlaubnis. Sie kann mit ihre Haar mache, was sie will. Obwohl, ich muss schließlich mit ihr so rumlaufe. Des fallt am End auf mich zurück. Egal, es war zu spät.

Aber jetzt hätt sie wenigschtens mol froge könne, wie mir ihre neue Frisur g'fallt. Dann hätt ich sie vielleicht in de Arm g'nomme. Hätt ihr sage könne, dass sie jünger aussieht. Richtig frech irgendwie. Des wär ehrlich g'wese. Aber so? Kein Wort von ihr! Deshalb hab ich nur so beiläufig bemerkt: »War'sch beim Friseur? Gewöhnungsbedürftig.« Sie hat trotzig vergnügt g'lacht: »Mir g'fallt's!«

Wie sie den umgebaute Fahrersitz sieht, springt sie mit einem Satz aus'm Auto. Sie schlägt sich mit ihrem Handtäschle an d'Stirn. »Bi'sch du noch zu rette, Gerd? Fahr du auf einer Weinkischt durch die Gegend! Aber ohne mich!« Ich lass net locker. »Des sieht doch niemand!« Sie schüttelt ihre neue Frisur: »In des Auto sitz ich net!« Ich schlag uff die Motorhaube: »Ach, Mensch, Marianne! Jetzt komm! Ich hab doch schon einen Tisch reserviert! Net weit, halbe Stund vielleicht. Überraschung!« Sie hat sich endlich uff den Beifahrersitz falle lasse. »Auf, fahr!«

Beim Losfahre merk ich, dass die Sitzhöhe im Vergleich zu ihr net stimmt. Des Eckbank-Kisse vom Erwin war zu flach. Konstruktionsfehler. Ich lach, nur um die Situation aufzulockere. »Also irgendwie sitz ich doch e bissl tief, gell?« Ein vernichtender Blick von schräg obe runner. Ich bin still. Sie verknautscht ihr Handtäschle uff'm Schoß.

Die Aral-Tankstell vor de Autobahn. Ich tank vorsichtshalber noch'n Spritzer Super. Net dass der Sprit ausgeht. Es wär net zum erschte Mol. Ich will net, dass heut sowas passiert. Wo sie sage könnt, des sei typisch für mich. Ich wechsel des Blinkerbirnle rechts. Die Marianne sitzt im Auto wie eine Gipsfigur. Beim Schraube überleg ich fieberhaft, wie's weitergeht. Ob ich nachher links, rechts oder gradaus nach Karlsruh fahre soll. An dem Knotepunkt isch noch alles drin, Kraichgau, Schwarzwald, Pfalz, Elsass, notfalls halt Karlsruh. Warum net?

Herrgott, ich kenn so viele gute Wirtschafte! Mit stimmungsvollem Ambiente und einer prima Küche! Auch für halbe

Vegetarier. Wo mer schön drauße sitze kann. Aber unner Zeitdruck, beim Birnlewechsle, fallt mir nix ei! Ich zahl. Vom Aral-Shop nemm ich noch e Päckle Salzstange mit. Aus Gewohnheit. Ich brauch immer was zum Knabbere oder Schlotze im Auto. Im Rausgehe seh ich im Drehständer einen HB-Reiseführer vom Nordelsass. Die rettende Idee! Dass mir des net früher ei'gfalle isch! ›La République‹ in Neewiller! Unser Lieblingslokal von damals. Ewig nimme dort g'wese.

Wunderschöne Erinnerunge an Vollmondnächt in dem Wirtshausgarte. Mit Blick in die Küch und zum Flammekucheofe. Kir Royal vorweg. Dann Riesling im Tonkrügle. Oder Rosé aus der Provence. Zu Frosch-Schenkel in Knoblauchrahm. Heut ess ich sowas nimme. Wege dene Frösch. Aber des Esse war damals garnet so wichtig. Uns hätt alles g'schmeckt. Sogar über den strenge Urinalgeruch durch die Schwingtüre vom Männerklo habe mer g'lacht. Verliebte beschwere sich net, die amüsiere sich über alles. Wenn ich an unsere Rückfahrte denk! Mit ihrem dringende Einverständnis bin ich in holprige Waldwege abgeboge. Weil mer bis dehaim net warte wollte.

Gut, des war heut net zu befürchte. Wär nach zehn Jahr a net normal. Aber sie merkt, dass ich mir was gedacht hab. Ein nostalgisches Ziel, passend zum Anlass. Wege der Reservierung mach ich mir kain Kopf. Für zwai Persone kriege mer immer noch e Plätzle. Vielleicht sogar an unserm alte Tischle. Im Flammkucherauch. Bei dene grüne Schwingtüre. Wer waiß? Mol gucke!

Ich steck den Tankbeleg fürs Finanzamt in de Geldbeutel. Schwungvoll lass ich mich uff mein Weinkischte-Sitz falle. Dann passiert mir ein saublödes Missg'schick. Wie ich des Tütle Salzstange uff die Ablag schlenkere will, schlag ich mit'm Handrücke den Aschebecher aus der Patenthalterung. Des randvolle Schubfach fallt der Marianne in de Schoß von ihrem weiße Sommerklaid. Asche, filterlose Kippe, verkohlte Streichhölzer. Dazu klebrige braune Brocke von bayrische Blockmalzgutsel, die mir ab der Hälfte nimme g'schmeckt habe. Sie guckt entsetzt an sich runner. »Oh Scheiße! Wart, ich mach's weg! Grad uff de Bode!«, sag ich. Sie packt mich am Handg'lenk. »Hör uff, lass! Du mach'sch des nur noch schlimmer! Fahr weg und halt irgendwo!« Beim Luftdruck-Prüfstand fahr ich ins Gras. Sie schiebt sich vorsichtig raus, ihr Klaid mit de Fingerspitze von sich weggezupft. Sie schüttelt den Stoff. Ich will ihr behilflich sei, schieb meinen Arm unner ihr Klaid, um die pappiche Gutselbrocke von inne abzuklopfe. Sie macht en Satz zurück, dass ein Pumps im Gras steckebleibt. »Lass des!« Sie spannt den Stoff über ihrem Schoß. »Jetzt guck doch! Wie sieht denn des aus! Grad an der Stell! So krieg'sch du mich in kein Lokal!« Ich hab behauptet, dass mer kaum noch was sehe könnt. Bei Tageslicht vielleicht e bissl. Aber später im Lokal net. Als Mann ging ich sowieso voraus. Sie könnt sich hinner mir halte, bis mer sitze. Nichts zu mache. Sie schüttelt stur ihren Bubikopf. »So lauf ich net rum!«

Mir reißt der Geduldsfade. »Du lieber Gott! Wer guckt denn schon uff dei'n Rock?«, schrei ich mit erhobene Ärm. Ich merk sofort, die Bemerkung muss ich schnell ausbügle. »Marianne, Anne, ich main doch nur, dass die Leut eher Auge für dei G'sicht mit der neue Frisur habe!« Sie streicht die gelbe Strähn aus der Stirn. Die Leut von de Zapfsäule gucke zu uns rüber. Ich sag: »Übrigens, sieht toll aus, die Frisur, ehrlich. Hätt'sch mir aber ruhig was vorher sage könne.« Hinner uns wartet ein Campingbus. Ich sag: »Also, was mache mer jetzt? Rumdrehe? Widder haimfahre? Wege so einer Lappalie? Sag was!« Die Marianne setzt sich wortlos ins Auto. Beim Losfahre kick ich den leere Aschebecher weg.

Schnellstraß Richtung Rheinbrück. Eine stumme Fahrerei. Sie guckt aus ihrem Fenschter, als sei die Landschaft mit Werksgelände, Lagerhalle, Windräder und Raffinerie besonders sehenswert. Auf der Rheinbrück immer noch kein Wort. Ich sag: »Der Rhein hat Niedrigwasser.« Nur dass was g'schwätzt isch. Kein Wort von ihr. Sie guckt bloß kurz, ob des stimmt. Ich lass mich net entmutige. »Ich glaub, heut kommt noch was. Sieht nach Gewitter aus.« Sie blickt zum Himmel, klappt ihr Fenschterhälfte raus. Ich versuch, sie zu einer Antwort zu zwinge. »Solle mer des Verdeck vorsichtshalber zumache?« Schulterzucke. Mit g'schlossene Auge streckt sie ihr G'sicht in den fönwarme Fahrtwind. Also gut, denk ich, dann halt net. Abfahrt Hagenbach. »Der Blinker funktioniert«, sag ich, um wenigschtens mei Stimm zu höre.

Es gibt ein entspanntes, vertrautes Schweige zwische Mensche, die sich lang kenne. Des hat was Erholsames. Jeder braucht en Mensch, mit dem er net schwätze muss, wenn er net will. Bei dem er sich falle lasse kann ohne Redezwang. Bei dem er langweilig sein darf.

Des hab ich mit der Marianne immer könne. Ich erinner mich an beinah wortlose Waldspaziergäng mit ihr. Nur des Geraschel von Laub, des Knacke von dürre Äscht, Vogelgezwitscher, Wind in Baumkrone. Jeder in seine Gedanke, aber immer ansprechbar. Des war in Ordnung, nie bedrückend. Net so wie jetzt in dem Auto. Des isch was anneres. Des isch – wie soll ich sage? Wie dauernd nix g'schwätzt. Eine Mauer aus net g'sagte Wörter. Aus vorenthaltene Gedanke, die den annere nix a'gehe.

Schnurgrad, die Landstraß vor Lauterburg. Des Kirchtürmle am Horizont. Es wird und wird net größer. Es zieht sich. Vor allem, wenn zwai Leut stumm nach vorne gucke. Wortlos eng z'ammesitze.

Die Streck sin mer früher oft g'fahre. Samstags, zum Ei'kaufe im französische Supermarché. Wein, Käs, Fischzeug, Pastete, Baguette. Oft habe mer beim spontane Picknick auf der Haimfahrt schon die Hälfte von dene feine Sächele weggeputzt, den Rotwein probiert. Die Marianne hat langstielige Gläser mitg'nomme. Serviette zum Abputze von unsere schmierige Finger beim Krevetteschäle. Damals habe mer uns beim Tchibo so'n Picknick-Koffer gekauft. Weil uns des Futtere in der Natur so viel Freud g'macht hat. War e handliches Köfferle aus Weidengeflecht. Besteck, G'schirr, alles drin. Mit Wachstuch ausg'schlage. Abwaschbar. Des habe mer e paarmol benutzt. Ich hab's lang nimme g'sehe.

Ich schrei, um den Motor zu übertöne: »Was isch aigentlich mit dem Picknick-Köfferle? Ha'sch des noch?« Sie zuckt z'amme, als hätt ich sie mit kaltem Wasser g'spritzt. »Was? Ob ich was noch hab?« Sie war natürlich aus ihre Gedanke g'risse. Ich wink ab. »Vergess es! Ich main nur, wir sollte mol widder Picknick mache. Jetzt im Sommer. Des ha'sch du doch so gern. Mache mer, versproche!« Sie zwirbelt ihr Strähn. Als hätt sie mein Vorschlag nervös g'macht.

Widder Funkstille. Ich halt die scheiß Stimmung im Auto kaum noch aus. In mir spitzt sich was zu. Ich fahr langsam, ganz rechts, dass alle überhole könne. Ich muss dieses ungute Schweige durchbreche. Ich huscht mich frei.

»Was isch denn, Anne?«

»Wieso? Was soll sei?«

»Noch sauer wege dem blöde Aschebecher vorhin?«

»Nö.«

»Aber was dann? Du ha'sch doch ebbes!«

»Was soll ich denn habe?«

»Des waiß doch ich net! Aber weil du nix schwätz'sch!«

»Du doch a net.«

»Jetzt geht's aber los! Ich bemüh mich die ganze Zeit um eine Unterhaltung! Zum Beispiel grad jetzt, Herrgottnochmol!«

»Gerd, bitte schrei net. Du wai'sch, dass ich des net vertrag.«

»Schreie isch besser als diese Grabesstille! Du sag'sch doch die ganze Zeit kein Wort!«

»Was soll ich denn sage?«

»Des muss doch aus dir komme! Du könnt'sch jetzt zum Beispiel sage: ›Guck, die blühende Obstbäum auf der Wiese dort! Wie g'malt!‹«

»Warum soll ich so'n Blödsinn sage?«

»Weil du des jedesmol sag'sch, wenn wir im Mai an der Stell vorbeikomme! Des waiß ich schon vorher, dass des kommt. Heut kein Ton!«

»Also gut. Wie war des? – ›Guck, die blühende Bäum dort auf der Wiese. Wie gemalt!‹ – Zufriede?«

»Hör uff mit dem Theater! Jetzt brauch'sch des nimme sage. Die Wies isch schon lang vorbei!«

»Will'sch nochmol zurückfahre?«

»Lass die spitze Bemerkunge! Dann sei lieber still!«

»Ich denk, ich soll schwätze.«

»Ja, aber net so! Net mit mir rumhändle! Ich wollt dich aus dei'm Schneckehäusle rauslocke. Aber net als Kampfschneck!«

»Danke für das Kompliment. Kampfschneck. Des hört jede Frau gern.«

»Marianne, bitte! Des hab ich net so g'maint. Komm, lasse mer's!«

»Typisch! Dein Lebensmotto! Let it be! Alles grad lasse!«

»Was will'sch denn damit sage?«

»Fahrersitz kaputt. Weinkischt drunner. Geht doch!«

»Horch, an dem Sitz hab ich geschtern lang rumgetüftelt!«

»Hätt'sch in der Zeit lieber was Vernünftiges g'macht!«

»Was? Du, ich sitz prima! Und des sieht doch niemand!«

»Außer mir! Wenn du dich in dem Auto sitze sehe könnt'sch! Peinlich, sowas! Ich darf garnet rübergucke!«

»Lieber Gott, die paar Minute wir'sch noch aushalte! Es isch nimme weit. Für halber siebe hab ich den Tisch reserviert.«

»Von mir aus brauch'sch net pressiere. Ich hab sowieso kain Hunger.«

»Wunderbar! Herrgottsack, des macht so richtig Freud! Eine Frau zum Esse ei'lade, die kain Hunger hat un nix schwätzt!«

»Brüll net rum! Guck uff dei Straß! Achtung, fahr net in de Grabe!«

»Nemm die Händ vom Lenkrad, Anne!«

Ich bin in eine Ausbuchtung am Waldrand g'fahre. Motor aus. Handbrems. Ich hab mir e Zigarett aus'm Päckle geklopft. Hab den Rauch aus'm Fenschter geblose. Die Marianne hat mir des Rauche im Auto abg'wöhnt. Sie war blass. Mein Schwenk war ziemlich ruckartig. Eine Schweigeminute. Dann kommt von ihr: »Also, e Salätle ess ich mit.«

»Wege'me Salätle fahre mer ins Elsass! Des muss mer sich vorstelle!«

»Des war doch deine Idee, oder net?«

»Immerhin, unser Zehnjähriges! – Ha'sch dir schon was für nachher überlegt?«

»Was? Wieso? Was überlegt?«

»Na ja, für unser Tischgespräch. Zur Konversation im Lokal. Aus den Themenbereichen Kultur, Politik, Gesellschaft oder so.«

»Was soll des jetzt, Gerd?«

»Bitte, über irgendwas müsse mer doch schwätze! So e Salätle isch schnell weg. Was dann? Will'sch stumm warte, bis ich mit meine drei Gäng fertig bin? Solang mit'm Besteck spiele?«

»Komm doch net immer mit deinem depperte Salätle! Eine Kleinigkeit ess ich vielleicht schon mit.«

»Sehr gnädig, Madame! Aber horch, ich hätt ein Thema für dich. Du könnt'sch endlich mol was von deiner Therapiewoche in der Provence verzähle! Stichwort Selbstfindung. Was war des überhaupt?«

»Des versteh'sch du doch net, Gerd.«

»Weil ich zu blöd bin, gell! Net spirituell genug, sag's doch!«

»Zu blöd hab ich net g'sagt. Aber sonscht könnt'sch Recht habe.«

»Marianne, seit der Woch, seit Oschtern, komm'sch du mir irgendwie verändert vor!«

»Du, sowas macht mer, um sich zu ändere! Also, für dich wär des nix!«

»Gott sei Dank net! Ich komm bisher noch ohne Psycho-Coaching durchs Lebe. Ohne einen Guru. Ich änder mich lieber selber!«

»Entschuldigung, dass ich jetzt lach! Du dich ändere?«

»Lach du ruhig! Wer war denn in der Provence dabei? Die Teilnehmer bunt gemischt, ha'sch g'sagt.«

»Des war so. Also so ziemlich.«

»Manager mit Burnout, ha'sch verzählt. Depressive Akademiker. Verstörte Lehrer, also Berufskollege. Ein Schönheits-Chirurg aus Düsseldorf. Interessanter Mann. Hätt seine Praxis verkauft. Wollt jetzt nur noch ...«

»Ja, jetzt fahr weiter!«

»Bunt gemischt nenn'sch du des? War eine Kassiererin vom Aldi dabei? Ein Bauschlosser? Oder, sage mer, ein Straßebahnfahrer?«

»Des net. Aber jetzt komm doch net so!«

»Doch! Weil normale Leut solche Fürz net mache! Die habe annere Sorge!«

»Also, ich bin für dich net normal? Gut zu wisse!«

»Sieh'sch? Des isch a sowas! Seit diesem Hokuspokus in der Provence bi'sch du sowas von empfindlich! Sofort ei'gschnappt! Des war'sch vorher net. Also, manchmol komm'sch du mir direkt fremd vor.«

»Ja, schmeiß die stinkige Zigarett endlich fort! Aber net grad in de Wald! In dem Grabe isch Wasser. Fahr bitte los!«

Gesprächsende. Lauterburg wie ausg'storbe. Nur vor der ›Bar des Sports‹ hänge Männer in rote Plastikstühl beim Bier. Alle in einer Art Breitensportkleidung. Turnschlappe, ausgebeulte Jogginghose, bedruckte Muskelshirts. Sogar am Sonntag laufe die Leut dort so rum. Als sei des ihre ortsübliche Tracht von Adidas. Die Kellnerin steht in der Tür, fächelt sich mit einer Zeitung Luft zu. Die ›Dernières Nouvelles d'Alsace‹. In zwai Sprache, jede mit viele Fehler. Durch die aus Raucherzeite noch bräunliche Netzgardine flackert Fernsehlicht. Seltsamer Ort, des Lauterburg. Oder Lauterbourg. Nimme deutsch, noch net französisch. Bloß von allem e bissl. Gefühltes Niemandsland. Irgendwie eine kulturelle Sperrzone. Mit Tempo 30 am ›Gilbert‹ vorbei. Früher ein Eldorado für rechtsrheinische Fresser. Aus Karlsruh vor allem. Bekannt für zuviel Knoblauch am Esse. War damals grad recht.

Aus der Handtasch von der Marianne dudelt des Handysignal ›Freude schöner Götterfunken‹. Sie reagiert lang net. Bis ich sag: »Herrgott, jetzt geh halt mol dra!« Sie guckt kurz, drückt den Anruf weg. Ich will wisse, wer's war. Sie: »SMS. Nix Wichtiges.«

Kreisverkehr am Ortsende. Ich spiel mit dem Gedanke, ganz rum zu fahre. Heimwärts. Es graut mir vor der Vorstellung, wie ich mit der Marianne stumm im Lokal sitz. In der République. Sie mit so'm G'sicht wie jetzt. Zupft an de Tischblume rum. Ich hör des Getuschel außerum. »Guck, des Pärle dort. Seit einer Stunde schwätze die kein Wort mite'nanner. Es isch traurig, wenn mer sich nichts mehr zu sage hat. Bei uns isch des Gott sei Dank net so.«

Schilder Richtung Wissembourg, Strasbourg, zurück nach Allemagne. Ich bin dann doch nach Neewiller abgeboge. Vielleicht wechselt die Stimmung beim Wein, hab ich g'hofft. In der Dämmerung stelle die Kerzle auf die Tische. Windlichter. So war des jedenfalls früher. Des schafft eine gesprächsfreundliche Atmosphäre.

Die Dorfstraße von Neewiller. Ich seh schon bei der Anfahrt, dass was net stimmt. Der Parkplatz vor der République war leer. Nur ein aufgebockter, räderloser Lieferwage. Die Schrift an der verwitterte Fassad kaum noch zu lese. Der Putz bröckelt ab. Schimmel vom Bode her. Lang vertrocknete Geranie vor leere Sprossefenschter mit Gipsspritzer. Manche durch Pappedeckl ersetzt. Von schiefe Fenschterläde blättert die grüne Farb ab. Unser schönes Hofgärtle war von Unkraut überwuchert. Ein Betonmischer zwische hüfthohe Brennnessel. Des Klohäusle halb abg'risse. Am Ei'gang lehnt ein großes Schild. ›A vendre‹ mit langer Telefonnummer. Ich guck von dem Parkplatz fassungslos rüber. Ich murmel: »Die Republik gibt's scheint's nimme.« Die

Marianne guckt net mit. Sie sagt nur: »Sieht so aus.« Zu allem Elend pinkelt mir ein Dorfköter ans Vorderrad. Ich seh nur sein Ringelschwanz, weil ich zu tief sitz. Normal hätt ich g'lacht. Ich bin in dem Moment völlig aus'm Konzept. Ohne Alternativplan. Was jetzt? Hinner Neewiller hört für mich d'Welt uff. Keine Gastronomie mehr, wo ich reserviert habe könnt.

Gut elf Meter Wendekreis. Ich dreh rum, dass der Sand spritzt. Zurück in des scheiß Lauterburg! Die Marianne sagt in boshaft lauerndem Ton: »Also, du ha'sch in der République Plätz reserviert? Aha! Wie hat denn die Stimme am Telefon geklunge?« Um Zeit zu g'winne, frog ich: »Was ha'sch grad g'sagt? Der Motor isch so laut. Nochmol bitte!« Sie sagt: »Du ha'sch mich genau verstanne!« Ich: »Ach so, ja! Reserviert? Natürlich. Geschtern. Aber net in der République!« Die sei mir vorhin beim Fahre spontan ei'gfalle. Wege unsere schöne gemainsame Erinnerunge. So zum Zehnjährige. Daher hätt ich schnell umdisponiert. Bauchentscheidung. »Ich wollt dir eine besondere Freude mache, dich überrasche, Marianne.« Sie nemmt mei Hand von ihrem Knie. »Und? Wohin jetzt?« Ich sag: »Zu dem Lokal, wo ich aigentlich für uns Plätz vorbestellt hab. Schon am Freitag!« Ich hätt jetzt wenigschtens e besseres G'wisse, hab ich noch g'sagt. »Des macht mer net, reserviere und dann net komme!«

Erstaunlich, wie blitzschnell unser Hirn schafft, wenn mer nach Erklärunge oder Ausrede sucht, weil mer net g'loge habe will. Mein Hirncomputer hat beim Fahre sämtliche Wirtschafte im Umkreis durchgecheckt. Bei der ›Vieux Moulin‹, der Alte Mühl in Lauterburg, hat's geblinkt. Bingo! Vorhin sin mer vorbeig'fahre. Ein Steinwurf von der Grenz entfernt.

Der Parkplatz war komplett belegt. Weiße Nummernschilder. Alles Schwobe, wie die Elsässer pauschal zu alle Deutsche sage. Ob uns Badener des passt oder net. Die Alte Mühl isch ein kulinarisches Ausflugsziel für die badische Schwobe, speziell aus Karlsruh. Notgedrunge e bissl Massenabfertigung, aber auf relativ hohem Niveau. Der Service isch wieselflink und trotz Überforderung gut g'launt. Die Küche länderübergreifend französisch-elsässisch-deutsch. Lauterburg halt. Von Schniposa, Flammkuche, Schlachtplatt, Schnecke, Edelfisch bis Gänsestopfleber und Austern gibt's alles. Mer könnt sage, von Wurschtsalat bis Hummer. Mir ein Rätsel, wie die Küch des schafft.

Im Winter war ich zum Austernesse dort. Net mit der Marianne. Die esst sowas net. Die schüttelt's schon beim Zugucke. Die Jasmin war eine Zufallsbekanntschaft. Mir sin im Fahrstuhl stecke gebliebe. Zwanzig Minute ungefähr. Ich wollt zum Kardiologe. Sie einen Stock höher zu einem Zumba-Kurs im Fitness-Studio. Wir habe uns gut unnerhalte, habe lache müsse über die Situation. Es hat was zwische uns g'funkt. Ich hab des kaum glaube könne. Sie war ziemlich viel jünger als ich. Aber ehrlich g'sagt, es hat mir geschmeichelt. Ich war gebauchpinselt. Des EKG beim Arzt war in Ordnung. Rechtsschenkelblock oder sowas, hat er g'sagt. Es sei net weiter schlimm. Hätte ich schon immer. Am nächschte Tag hab ich dieser Jasmin beschwingt a'grufe.

Von dem Ausflug mit ihr in die Alte Mühl hab ich der Marianne nie was g'sagt. Wozu? Des wär blöd g'wese. Des war eine einmalige folgenlose Episode. Ein kurzer Aussetzer. Ich wär doch nie von der Marianne wegg'ange, an die ich mich mühsam g'wöhnt hab. Und umgekehrt. Ich möchte niemand mehr mei ganze Lebensg'schicht verzähle müsse, nur damit der versteht, warum ich so bin, wie ich bin. Und für so Affäre nebenher hab ich die Nerve nimme. Zweigleisig fahre? Früher kein Problem! Des isch laider vorbei. Ich bin mir zu wichtig.

Die Telefonnummer von der Jasmin hab ich noch. Sie hat meine. Immerhin.

Sowas geht mir durch de Kopf beim Fußweg von der Hauptstraß zur Alte Mühl. Was uns bei dem Austernesse damals g'stört hat, war diese Lautstärke in dem Lokal. Normal unnerhalte kann mer sich net. Vielleicht wär des für uns jetzt garnet so schlecht. Wir falle net uff, wenn mer nix schwätze. Ich leg den Arm um die Marianne. Sie lasst sich's g'falle. Aber mehr net.

So hab ich mir's vorg'stellt. Die Alte Mühl gerammelt voll! Leut lauere sogar, bis was frei wird. Die treibe sich scheinbar absichtslos, aber mit lange Häls und Geierblick zwische dene Tisch rum. Kellner balanciere volle Tabletts durch des Getümmel. »Attention, s'il vous plaît!« Stimmengewirr, Gelächter, G'schirr klappert. »Voilà!« Von der Lärmkulisse, die uns entgegenschlagt, kriegt die Marianne sofort Falte zwische de Auge. »Lass uns geh, bitte! Des halt ich net aus!« Ich schrei ihr ins Ohr: »Wart doch! Ich hab uns einen Tisch auf der Terrasse bestellt! Es isch dort net so laut! Es hallt net so!« Sie schüttelt ärgerlich ihren Bubikopf: »Was? Ich versteh net!« Ich bin schon unnerwegs. »Wart hier! Ich regel des!«, ruf ich zurück. Sie dreht sich halb zur Wand. Mir ihrer Handtasch verdeckt sie die Malzgutsel-Flecke. Sie guckt mir hinnerher, wie ich mich zur Theke vorschaff.

Auf halbem Weg dreht sich eine Frau zu mir rum. Sie zischt mir von ganz nah ins G'sicht: »Bleibt du do stehe, Rolf! Die habe leer! Die zahle glei! Ich guck solang, ob ...« Sie schlagt d'Hand vor de Mund. »Entschuldigung! Ach Gott, Sie sin jo garnet mein Mann!« – »Zum Glück net«, isch's mir rausg'rutscht.

Ich steh vor der Chefin am Tresen. Eine elegante ältere Dame, eine Spur überschminkt. Kontrollblick. Schwarzes Kostüm, weiße Rüscheblus, blondierte Fönwelle. Leichte Verbeugung. »Bonsoir, Madame.« Den französische Satz, den ich mir vorher zurechtg'legt hab, krieg ich net raus. Ich bin zu nervös. »Je voudrais ... Ich hätte gern einen Platz für zwei Personen.« Sie bedauert: »M'r sin tout complet, Monsieur. Henn'r reserviert?« Ich nick: »Oui, oui. Jawoll!« Sie greift nach'me dicke Buch, zieht ihr Brill uff d'Nas. »Quel nom? Ihren Nomme?« Ich sag: »Dr. Hildinger.« Der Name isch mir grad ei'gfalle, weil ich den Mann kenn. Der Titel könnte zudem bei der Platzsuche helfe. Ihr rot lackierter Fingernagel ruckelt über kulizerkritzelte Seite abwärts. Sie murmelt: »Ilding-ger – Ilding-ger.« Ich sag: »Mit einem ›H‹ vorne.« Ich wollt ihr helfe, obwohl ich waiß, do kann sie lang suche. Sie blättert ärgerlich vor, schimpft mit sich selber: »Pfiffedeckl! Ich hob misch bi'm Datum trompiert!« Jetzt geht die Sucherei widder los. Ich guck zum Eingang. Die Marianne steht nimme dort! Madame setzt ihr Brill ab. Die schaukelt an'me Goldkettle um ihren Hals. Sie schiebt des Buch weg. »Je regrette, Monsieur. Ilding-ger isch de Nomme g'sin?« Ich nick, aber jetzt hab ich's eilig. Ich sag nur noch: »Pas grave, Madame. Net so schlimm. Also, au revoir!« Des Kauderwelsch färbt ab. Aber des hört sie nimme. Sie helft schon beim Weinausschenke. Wischt mit'me weiße Lappe Hummersupp von'me Tellerrand. Schimpft gedämpft mit dem Kellner.

Die Marianne hat drauße g'wartet. Ich knall die Lokaltür hinner mir zu. »Des gibt's doch net!«, schrei ich mit einer lebensechte Wut im Bauch. »Stell dir vor, die habe meine Reservierung glatt vergesse! Meinen Anruf am Freitag ai'fach net notiert! Eine Granatenschlamperei! Der Madame hab ich de Kopf g'wasche, aber wie!« Die Marianne hat nur g'sagt, dort drin wär sie sowieso net gebliebe. Unnerwegs zum Auto durch die zugeparkte Gass hab ich mich beruhigt. »Na ja, bei dem Betrieb in dem Lade kann sowas passiere. Trotzdem, ärgerlich.« Sie hat mir so Blicke zug'worfe. Ich war mir net sicher, ob sie mir die Nummer abgekauft hat.

Mir sitze im Auto. Ich sag: »Was mache mer jetzt?« Nur ein Schulterzucke nebe mir. »Überleg mol«, sag ich, »fallt dir noch was ei in der Gegend, wo mer ei'kehre könnte?« Kopfschüttle. »Nö.« Ich schlag mit de Handballe uff's Lenkrad, dreh de Zündschlüssel rum. »Wai'sch du was? Ich fahr jetzt Richtung Heimat! Zum Italiener bei mir an de Eck. Fertig aus! In Ordnung für dich?« Ihre Antwort: »Von mir aus.« Nach zehn Meter geht mir de Gaul durch. »Herrgott, Anne! Was will'sch denn überhaupt? Du hock'sch nebe mir wie so eine Steinfigur auf der Oschterinsel! Die Kamerade, die so rätselhaft über de Atlantik glotze!« Sie korrigiert mich: »Über den Pazifik.« Ich lass mich net ablenke, schimpf weiter: »Die habe wenigschtens einen minimale G'sichtsausdruck. Gege dich gucke die direkt ermutigend!« Keine Antwort. Ich guck zu ihr rüber. »Also, jetzt geht's zum ›Luigi‹! Net grad originell. Hab mir unser Zehnjähriges annerscht vorg'stellt. Aber blöd gucke un nix schwätze könne mer überall!« Sie seufzt: »Ach, Gerd, Gerd.« Auf einen Seufzer war ich net g'fasst. Schon garnet mit doppelter Namensnennung. Sie zieht mit zittrige Finger e Tüchle aus ihrer Handtasch, putzt sich d'Nas, tupft wie beiläufig über ihre Auge. Sie sieht blass und elend aus in der gelbe Straßebeleuchtung.

Plötzlich steigt ein furchtbarer Verdacht in mir hoch. Ich halt am Straßerand. »Du war'sch doch grad beim Frauearzt? Mammographie. Was Schlimmes dabei rauskomme? Sag!« Sie schüttelt heftig de Kopf. »Nein! Komm, bitte fahr!«

Zum Ortsausgang will ich Gas gebe. Plötzlich ihr Hand auf meiner am Lenkrad. »Langsam! Bieg bitte rechts ab, Gerd!« »Wo? Wo denn?« – »Dort bei dem weiße Schild!« Ich les ›Au Bord du

Rhin«. Zum Rheinufer. Gleichzeitig isch dort ein Restaurant mit dem Name. Des fallt mir jetzt ei. Hätt ich glatt vergesse. Ich war nie drin, kenn des nur vom Sehe. Eine herrliche Terrasse mit Rheinblick. Doch noch ein würdiger Ausklang von unserem Kennelern-Tag! Beim Luigi hocke mer jede Woch.

Ich war freudig überrascht. Verblüfft. Jetzt guck, hab ich mir gedacht, lasst sich die Frau den ganze Obend teilnahmslos rumkutschiere. Als sei ihr alles grad egal. Dann zieht sie des Lokal wie ein Trumpf aus'm Ärmel! Als Überraschung für mich! Wie soll ein Mann die Fraue je verstehe? Ich geb vor, von dem Lokal nix zu wisse. Um ihr die Überraschung für mich net zu verderbe. »Alla gut, wenn's dir drum isch, fahre mer zum Rhein, warum net?«, brumm ich. »Will'sch e Runde schwimme?«

Durch die Banlieue von Lauterburg. Graue Wohnblocks. Dann durch ein Industriegebiet. Ein Verladebahnhof für Ford-Autos. Werksgelände mit Kabelrolle, Wellblech-Schuppe. Dem Fluss zu wird's immer nasser. Förderbänder, Kieshaufe. Sumpfige Auwälder, Bäum im Wasser. Grüne Tümpel mit Angler. Schilf. Altrheinarme wie Urwaldbäch. Ein modriger Geruch in der schwüle Luft. Ich hab Hunger. Freu mich uff e Glas Wein.

Vor uns der Rhein mit hohe Pappelbäum am Ufer. Ich spring von dem Weinkischte-Sitz aus'm Auto, streck d'Ärm hoch, schnauf tief durch: »Ach, so ein Fluss hat ai'fach was! Majestätisch! Trotz Niedrigwasser!« Ich deut zu der Wirtschaft: »Guck doch, sogar ein Lokal! Sogar mit Terrasse direkt am Rhein.« Girlande aus farbige Glühbirnle brenne matt in der Dämmerung. Nur noch wenige Tische besetzt. »Schöner könnte mer garnet sitze«, ruf ich aus. »Der Abstecher war eine tolle Idee von dir, Anne!« Beim Umdrehe seh ich, wie sie in die annere Richtung schlendert. Vor zum Rheinufer. »Marianne!« Bevor ich ihr hinnerher geh, schnapp ich mir noch schnell des Päckle Salzstange von der Ablag. Ich schieb mir e Bündel in de Mund. «Blöd vor'm Esse«, sag ich, »aber die Dinger mache net satt.« Sie stellt sich vor mich, guckt mir in d'Auge. »Hör zu, Gerd. Ich muss mit dir rede.« Ihre Mundwinkel zittere. Ich kau nimme weiter.

Sie zieht mich zu einer Ufertrepp zum Rhein. Ich setz mich mit ihr uff die obere Betonstuf. Lass die Salzstange-Guck zwische de Knie schaukle. Ein schwer beladener Frachtkahn schafft sich mühsam flussaufwärts. Gege den Strom kommt er kaum voran. Der Diesel stampft.

So sitze mer e Weil, gucke über de Rhein. Ich streck ihr des Gückle mit de Salzstange rüber. »Will'sch a?« Sie schiebt's beinah ärgerlich weg. »Du wollt'sch mit mir rede«, sag ich. »Also, was gibt's? Schieß los!« Sie dreht sich zu mir um, greift nach meiner Hand. Des Gückle fällt runner. Ich verschreck vor ihrem weiße G'sicht, um d'Auge rum schwarz verschmiert. Träne rolle ihr zum Mund. Sie schluchzt: »Ich wollt's dir aigentlich schon lang sage, Gerd. Ich trenn mich von dir. Ich kann nimme so weitermache!«

Eine Sekund lang hab ich die Empfindung vom Freitag. Beim endgültige Durchbreche von mei'm Fahrersitz. So ähnlich jedenfalls. Ich zieh mei Hand weg, spring hoch. »Was? Was? Wieso denn? Um Gottes wille, Marianne! Was isch denn passiert?« Sie guckt flussabwärts. »Nix! Des isch's doch grad! In unserer Beziehung passiert schon lang nix meh!« – »Also Anne, des kapier ich net. Wer trennt sich denn, weil nix passiert? Des isch doch eher ein Grund, dass mer z'ammebleibt!« Sie zischt mit ihre schwarz verheulte Augeschlitz zornig zu mir hoch: »Du versteh'sch wirklich nix, Gerd! Oder du will'sch net!« – »Doch! Aber erklär mir des so, dass ich des als schlichter Mensch versteh!«

Ich will mich widder nebe sie setze. Es kracht unner meine Schuh. Ich kick die Guck mit dene verbrockelte Salzstange in de Rhein. »Muss des sei? Dort hängt en Abfallkorb!«, schimpft sie. »Des scheiß Gückle isch mir im Moment egal!«, schrei ich. »Des schwimmt bei Holland in d'Nordsee! Macht des Meer salziger. Die Krümel fresse d'Fisch. Und die Guck hängt als Beifang im Schleppnetz. Wird von dene Fischer ordnungsgemäß entsorgt! Also bitte, lenk net ab!«

Sie hat mir fassungslos zug'hört. »Des isch a sowas!«, sagt se. »Deine blödsinnige Rechtfertigunge! Deine hirnrissige Theorie über alles! Ich kann's nimme höre!« – »Und deshalb will'sch du mich verlasse?« – »Bitte, Gerd, schwätz doch net!« – »Nix bitte, Gerd! Frage: Was fehlt dir in unserer Beziehung?« – »Mensch, Gerd! Des spür'sch du doch selber! Oder net?« – »Ich will des aber von dir höre! Wer redet denn von Schlussmache? Ich doch net! Ich bin mit uns zufriede!« – »Ich waiß, du bi'sch immer mit allem zufriede. So furchtbar zufriede! Aber ich net! Nimme!« Sie schüttelt trotzig de Kopf. Schwarze Träne. Diesmol vor Zorn über sich selber. Ich lass net locker. »Horch, Anne. Nochmol. Was fehlt dir bei uns so, dass du gehe will'sch?« Sie winkt ab. »Ach, ziemlich alles. Aber schon länger.« Die Antwort erschüttert mich. »Ja, um Himmels wille! Warum ha'sch denn nix g'sagt? Mit mir kann mer doch schwätze!« – »Des kann mer, ja. Soviel mer will. Es nützt nur nix!« Ich sag: »Ach komm, so isch's a widder net!«

Sie guckt zu dem Frachtkahn. Der hat die Fahrrinne g'wechselt. Stampft nah an unserem Ufer vorbei. Welle rolle am schräge Flussbett entlang, schwappe über die algegrüne Treppestufe. Die Kapitänsfrau hängt Wäsch ab. Dieselgeruch weht zu uns rüber.

Die Marianne sagt unvermittelt: »Wie oft hab ich g'sagt, lass uns zusammeziehe! Ganz normal lebe. Ohne Besuchszeite. Ich hab drum gebettelt, ich dumme Nuss!« Ich hör ihr zu. Sie schwätzt mehr mit sich selber, kommt in Rage. »Herrgott, ich will, dass in meinem Lebe noch was passiert! Sich was verändert! Wenn net jetzt, wann dann? Des kann doch net alles g'wese sei!« Sie guckt mir in d'Auge. »Dass ich dich im Seniorestift besuche komm! Und du stell'sch mich immer noch als ›meine Freundin‹ vor! Des isch doch lächerlich! Deprimierend!« – »Moment mol«, hab ich g'sagt, »du bi'sch e paar Jährle jünger. Aber wer wen im Altershaim besucht, isch noch net raus!«

Ich will de Arm um sie lege. Sie dreht sich raus. Ich sag: »Jetzt sag ich dir was, Anne. Du brauch'sch nimme um was bettle.« – Sie, sofort: »Des mach ich a nimme!« Ich nemm ihr Hand, bevor sie die wegziehe kann. »Anne, ob du des glaub'sch oder net. Am Freitag in der Pfalz hab ich mir vorg'nomme, dir heut den Vorschlag zu mache! Ich zieh endlich zu dir!« Sie entreißt mir ihr Hand. Ich red weiter. »Des wollt ich dir aber net auf einer Betontrepp beim Salzstange-Knabbere sage! Sondern in einem passenden Ambiente. Bei'me feine Esse. Gutes Glas Wein. Versteh'sch? Kerzle uff'm Tisch und ...« Sie fallt mir schroff ins Wort. »Vielleicht noch ein Stehgeiger? Mensch, Gerd! Hör'sch du mir net zu? Es isch zu spät!«

Eine Zeit lang habe mer nix g'schwätzt. Stille. Nur der Wind in dene Pappelkrone. Der Schiffsmotor war kaum noch zu höre. Die Marianne hat an ihrer schwefelgelbe Strähn rumgezobbelt. Ich hab dieses ›zu spät‹ von ihr net begreife könne. Ich stell mich vor sie, vier Stufe unner ihr. Sie sagt: »Vorsicht! Des isch rutschig!«

Sie sorgt sich noch um dich, denk ich. Immerhin. Ermutigend. Ich sag bedeutungsvoll: »Marianne, ich könnte sofort zu dir ziehe! Von mir aus eventuell noch in diesem Jahr. Mol gucke!« Sie schüttelt ihr Fäuscht mit de Daume drin. Sie schreit: »Sag des bitte nie mehr! Jedenfalls net zu mir!« – »Was denn? Was hab ich denn g'sagt, um Gotts wille?« Sie winkt ab. »Schon gut! Net wichtig! Komm, vergess es!«

Ich versuch, ihr meine lange Bedenkzeit zu erkläre. Ihre Mutter im Haus. Des sei halt immer schwierig. Sowas ging selte gut. Des müsst mer sich schon gut vorher überlege. Aber ich sei jetzt sicher, dass wir mit der Situation schon klar käme. »Außerdem«, hab ich g'sagt, »deine Mutter isch jetzt sechseachtzig. Noch relativ gut bei'nanner. Sei froh! Ein Sege in dem Alter. Aber des kann schnell geh! Die lebt a nimme ewig!«

Ich hab mich nebe die Marianne g'setzt. Körperkontakt. Hinner mir hör ich e Frauestimm zu laut flüschtere: »Des hätt er net sage dürfe.« Ich dreh mich um. Ein älteres Ehepaar guckt schnell weg. Sie ware komme, um des Niedrigwasser vom Rhein zu besichtige. Hochwasser wär int'ressanter g'wese. Jetzt höre se halt uns e bissl zu. Die Marianne sagt: »Mach mir's doch net schwerer, als es isch, Gerd. Denk'sch du, mir fallt des leicht? Aber ich kann un will nimme! Es geht nimme!«

Das Ehepaar schlendert zum Parkplatz. Ich hör noch, wie sie sagt: »Beeile mer uns, auf! Vielleicht kriege mer wenigschtens noch die Hälfte vom Tatort mit!« Ich hab sie in dem Moment e bissl beneidet.

Es kommt zu einer verhör-ähnlichen Situation. Plötzlich kommt ein Verdacht in mir hoch, der sich im Zurückdenke verdichtet. Die Händ überm Rücke verschränkt, marschier ich hin und her. Drei Schritt vor, drei zurück. Dann, in scharfem Tonfall:

»Aus? Geht nimme? Des sag'sch du mir grad so? Aus heiterm Himmel?«

»So heiter war der Himmel net! Du fall'sch immer aus alle Wolke. Du hätt'sch schon lang merke könne, dass ich mich net wohlfühl!«

»Wie denn? Wenn du mir nix sag'sch!«

»Hör mol, ich hab dir des oft genug signalisiert! Aber du bi'sch doch Weltmaischter im Verdränge!«

»Ja lieber Gott! Soll ich laufend deine Signale deute? – Was hat sie denn schon widder? Kommt des vom Wetter? Sin des die Hormone? Oder bin womöglich ich schuld? Und falls ja, was mach ich falsch?«

»Ach was! Aber denk nur an dein komische Unfall am Freitag! Mit dem Sitz.«

»Komischer Unfall? Ich kann froh sei, dass ich noch leb!«

»Ja, Gott sei Dank! Aber er war vorhersehbar! Sowas passiert nur dir!«

»Lenk net ab! Was hat denn des mit uns zu schaffe?«

»Viel! Vor allem mit dir! Denk mol drüber nach! Wie oft hab ich g'sagt ...«

»Zur Sache! Wir rede jetzt Tacheles! Die Wahrheit, sonscht nix!«

Die Marianne rupft Grasbüschel aus de Betonritze, streut se in de Wind, der zug'nomme hat. Ich stell mich an die schräge Ufermauer, dass sie mich sieht. Den rechte Schuh zum bessere Halt über einem Eisering.

»Marianne, ich stell rückblickend fescht, dass du dich seit Oschtern auffällig verändert ha'sch. Sieh'sch du des selber a so?«

»Des kann sei. Aber hab ich schon vorher. Du ha'sch des nur net g'merkt.«

»Des war eine Alternativfrage! Ja oder nein, des langt!«

»Jawoll, Herr Oberstaatsanwalt! – Mensch, Gerd!«

»Net ins Lächerliche ziehe, gell! Du war'sch eine Woche in der Provence bei diesem – ich nenn des mol neutral – Selbsterfahrungs-Zirkus.«

»Neutral? Des Wort sagt alles über deine Einstellung!«

»Beim Thema bleibe! Seither komm'sch du mir irgendwie fremd vor, Marianne!«

»Ich waiß net, wie ich dir vorkomm. Du mir jedenfalls net!«

»Für mich ha'sch du dich zum Nachteil verändert!«

»Möglich. Aber ich hab die Woch net gebucht, um mich zu deinem Vorteil zu verändere. Des hab ich für mich g'macht.«

»Klartext: Gab es dort jemand, der dir bei der Selbsterfahrung behilflich war? Du wai'sch, was ich main.«

»So genau aigentlich net.«

»Also, noch deutlicher. Ha'sch du jemand kenneg'lernt? Des will ich jetzt wisse! Eine klare Antwort bitte!«

Ich hab g'merkt, wie sie nervös wird. Sie hat die Grasbüschel in der Hand g'sammelt, in ihrer Fauscht verdrückt. So fescht, dass ihre Fingerknöchel weiß ware. Ihr Blick geht an mir vorbei, über de Rhein zum annere Ufer. Ich schnipp mit de Finger vor ihrer Nas.

»Hier spielt die Musik, Marianne!«

»Ich hab vor allem mich kenneg'lernt.«

»Herrgott, ich will wisse: War ein Mann im Spiel? Guck mich bitte a!«

Mit einem Ruck dreht sie sich mir zu. Ihr G'sicht vom Hals her mit rote Flecke überzoge. Die kriegt sie immer, wenn sie sich uffregt, arg ärgert oder arg freut. Beim Sex auch. Aber des hab ich schon länger nimme g'seh. Ihr Stimm kullert vor kaum unnerdrückter Freud.

»Gerd, ich – ich hab mich verliebt!«

Ihr fröhliches Geständnis kommt wie ein Knüppelschlag. Ich rutsch an der glitschige Ufermauer ab. Steh bis über die Knie im Wasser. Ich bin sofort widder raus. Ich waiß nimme, ich glaub, sie hat g'lacht. Die nasse Hos kümmert mich net. Ich renn hoch ins Gras.

»Aha! Also doch! Ganz ai'fach! Verliebt in einen Mann?«

»In wen denn sonscht? Mit Fraue hab ich's diesbezüglich nie so g'habt.«

»Wer isch der Kerl? Sag bloß – bitte net! Net dieser Skalpell-Fuzzy aus Düsseldorf! Dieser Beutelschneider von der Beauty-Farm! Deshalb ha'sch du von dem nie was verzählt!«

»Du, der Kurt isch ein seriöser plastischer Chirurg! Seine Klinik war ...«

»Hör uff! Also doch der! Und schon so vertraulich – Kurt! Alles hinner meinem Rücke! Der hat schon genug Gäns g'rupft in seiner sogenannten Klinik! En Haufe Schotter g'macht mit so blöde Weiber!«

»Gerd, so lass ich net mit mir rede! Bitte, lass uns jetzt haimfahre!«

»Dass du so einem Blender uff de Leim geh'sch, hätt ich net gedacht!«

»Ich versteh, dass du jetzt sauer bi'sch, Gerd. Aber auf der Basis ...«

»Horch, von dem kann'sch dir jetzt dei Nas richte lasse! Mich hat des Höckerle zehn Jahr lang net g'stört!«

»Geht's net noch lauter? Renn net so theatralisch im Kreis rum! Die Leut von der Terrass gucke schon rüber.«

»Des isch mir wurscht! Ich könnt grad im Viereck rumspringe!«

»Der Kurt isch net der Grund, warum ich weg will! Net nur! Du mach'sch es dir zu leicht. Ich hätt dir des garnet sage solle.«

»Jesses, mir fallt's wie Schuppe von de Auge! Dein Besuch, diese Sabine vom Lehrerseminar! Des war doch der Dreckskerl, oder?«

»Ach, Gerd.«

»Die Antwort genügt! Um Gotts wille, ein Abgrund an Verlogenheit! Der Maserati! Vor dei'm Haus! Mit dem arrogante alte Sack drin! Grüßt net zurück, wenn mer sich bedankt! Des war der, gib's zu!«

»Gerd, der Kurt isch in deinem Alter. Sogar drei Jahre jünger. Und arrogant isch der überhaupt net. Der hat halt eine Vorliebe für schöne Autos.«

»Ja, wo der Sitz net durchbrecht! Glückwunsch! Du ha'sch dich sehr verbessert! Danke für des späte, aber umfassende Geständnis!«

»Es tut mir so laid, Gerd. Ich wollt dir doch net weh mache!«

»Komm, hör doch uff mit dem Gesülze! S'isch alles g'schwätzt!«

»Wart doch! Oder will'sch mich jetzt nimme mitnemme?«

Ich bin zum Auto marschiert, ohne mich umzudrehe. Es war stockdunkle Nacht inzwische. Überm Rhein habe sich schwere G'witterwolke z'ammegeballt. Ein böiger Sturmwind hat an de Uferbäum gezerrt. Ganz plötzlich war der komme. Überfallartig. Drübe beim ›Au Bord du Rhin‹ habe die Kellner eilig Sitzkisse un Tischtücher weggetrage, die paar Terrassegäscht ins Lokalinnere evakuiert. Die Marianne helft mir, des Rollverdeck zu schließe. Die nasse Hos klebt an de Wade.

Beim Fahre hab ich g'raucht, die Asch uff de Bode geklopft. Des war jetzt egal. Nimme ihr Problem. Bis dahaim könnt sie des noch aushalte. Nachdem sie mir alles g'sagt hat, die Wahrheit raus war, wirkt sie befreit, locker, beinah beschwingt. Jetzt war sie des, die des Schweige durchbreche wollt. Sie legt ihr Hand auf meine am Lenkrad. »Ach, Gerd, des isch doch auch für mich net leicht.« Ich zieh mei Hand weg, greif des Lenkrad weiter obe. »Seitenwind«, sag ich, »ich kann des Auto kaum uff de Straß halte. – Beim Maserati wär des kein Problem.« Die Bemerkung kann ich mir net verkneife. Schwere erschte Tropfe schlage an die staubige Scheib.

Ortsdurchfahrt Hagenbach. Es blitzt. Ich zähl im Kopf die Sekunde bis zum Donner. Der bleibt aus. Bei sechsezwanzig murmel ich: »Noch weit weg, des G'witter.« Sie lacht nebe mir. »Der Donner kommt in drei, vier Tag. Radarkontroll, Mensch! Tempo 30. Wird net billig.« Ich zuck nur mit der Schulter. »Was soll's? Des Geld hab ich bei unserm Esse g'spart. Salzstängele.« Mein Galgehumor lasst mich selte im Stich.

Die Parklück von dem Maserati im Holunderweg war belegt. Es hat g'schüttet wie aus Kübel. Ich hab uff de Straß g'halte, de Motor laufe lasse. »Also, Marianne, des war's dann wohl. Mache mer net lang rum. Mach's gut.« Ich hab ihr d'Hand rüberg'streckt. Ich seh, dass sie heult. Plötzlich dreht sie zwische baide Händ mein Kopf zu sich, guckt mir in d'Auge. »Ach, Gerd, es tut mir so weh, dass ich dich verletze muss!« Durch meine gequetschte Backe sag ich: »Du wirsch's aushalte könne.« In dem Moment dudelt ihr Handy widder in der Handtasch. Freude schöner Götterfunken, viel zu schnell g'spielt. Elektronisches Geklimper. Kurz, dann widder von vorne. Die Marianne wird fahrig nervös. Mit'me flinke Griff in ihr Tasch hab ich des Ding in de Hand. Ein flüchtiger Blick. ›Kurt‹ auf dem Display. Ich geb's ihr rüber. »Da, geh dra! Fliegender Wechsel! Sag dei'm

Kurt, er könnt komme, ich sei fort!« Ich hab über sie wegg'langt, den Türhebel hochgezoge. Hab sie raus in de Rege g'schobe. Sie rennt geduckt zum Haus.

In einer Garagezufahrt hab ich trotz ›Wenden verboten‹ gedreht. Nochmol vorbei an ihrem Haus. Ich bin kurz langsamer g'fahre. Ich seh, wie sie vor der Haustür unner dem Vordächle telefoniert. »Stell de Schampus kalt, gell! Net vergesse!«, hab ich über d'Straß g'rufe.

Wie ich über die Nacht komme bin, waiß ich nimme. Ich bin erscht am Montagmittag widder uffg'wacht. Zutreffender wär, ich habe das Bewusstsein wiedererlangt. Auf der Couch in voller Montur. Nur de Kittel und die Schuh hab ich scheint's noch ausgezoge. Die Flasch Remy Martin war leer. Mei Hos war unnerum verknittert, aber trocke.

Ich hab den Tag storniert. Mit Fernsehe überbrückt. Landesschau Baden-Württemberg. Regio-News. Kurioses aus dem Ländle. ›Die Arbeiter an einer Straßenbaustelle in ...‹, ich verschreck, rutsch im Sessel vor, ›... staunten nicht schlecht, als eine scheinbar unbemannte Ente ihre Absperrung durchbrach ... der Mann setzte danach seine Fahrt unbeirrt auf einer Weinkiste fort.‹ Es war nur ein billiger, schnell fabrizierter Trickfilm mit dümmliche, von Hand verschobene Comic-Männle. Aber den Ortsname hätte die Idiote net grad nenne müsse! Auf einer Landkart sogar noch zaige, wo des war! Wenig später hat des Telefon bei mir Sturm geklingelt. Lachende Stimme am Hörer: »Des war'sch doch du, Gerd! Oder?« Anfangs hab ich noch ab'gnomme. Es hätt die Marianne sei könne. Dann hab ich's schelle lasse.

Von der Marianne hab ich seither nichts mehr g'hört. Halt, des stimmt net ganz! Zum Geburtstag hab ich sie a'grufe. Zum Gratuliere. Aber zu dem Zeitpunkt hab ich mich schon dran g'wöhnt g'habt, dass sie mir fehlt. Beiläufig hab ich ihr g'sagt, ich hätt noch sechs Flasche Wein für sie im Keller. Einen Chardonnay vom Weingut Sarbacher. Den könnt ich ihr vorbeibringe. Fröhlicher Lärm von einer Gartenparty im Hinnergrund. Jemand spielt Gitarre. Eine Frauestimm ruft: »Sind die Tofu-Würste durch, Kurt?« Ich sag: »Marianne, bi'sch noch dra?« – »Ja.« – »Ich main natürlich net jetzt! Des mit dem Wein vorbeibringe. Irgendwann vielleicht. Mol gucke!«

Du denk'sch mir

Dass du noch
an mich denk'sch
hätt ich net gedenkt

dass ich noch
an dich denk
hätt'sch dir denke könne

ich hab dich vergesse wolle
klar, nach dem, was war
aber wie hätt ich des mache solle?

so lauft's doch immer
wenn ich mol net an dich denk
geht's annerschtrum
dann denk'sch du mir
des isch noch schlimmer

ich glaub
du denk'sch mir ewig.

Spätpubertät

Mol widder
was übers Knie breche!

net lang diskutiere
null Kompromiss
der Goldene Mittelweg
war oft nur Beschiss

mol widder
mit de Tür ins Haus falle!

en Kotzbrocke sei
wie in der Pubertät
gucke, was geht
zu'me Arschloch
Arschloch sage
null Diplomatie
entweder so oder so
nix später vielleicht
alles jetzt oder nie

mol widder wie früher
mit'm Kopf durch d'Wand wolle!

net immer außerum geh
des tut e bissl weh
aber die Mauer wackelt
der Kopf hält viel aus

auf geht's
packe mer's?
du voraus!

Schön wär's!

Mer sollt sich im Lebe
immer frisch verliebe
dann wär mer am Schluss
wahrscheinlich verrückt
aber glücklich gebliebe
geht der Deckel mol zu
hat mer lang g'nug sei Ruh

mer könnt sich im Lebe
viel öfter verliebe
wäre die erschte Nächt
mit Frühstück im Bett
nur so eine Art Event
den mer ganz unverbindlich
spaßhalber wiederhole könnt
oder halt net
wenn des schöne G'fühl
net jedesmol
solche Langzeit-Folge hätt

mitte in dem muntere Spiel
beschleicht dich die Ahnung
um Gottes wille
es geht Richtung Familienplanung
mit Ehegattensplitting
Elternteilzeit
sonntags esse bei de Schwiegerleut

im Schlofzimmer ein Kinnerbett
net grad erotikverträglich
die Aussicht g'fallt dir net
du sieh'sch dich im Tagtraum
samstagmorgens beim Rasemähe
vor so'me Hasestall womöglich
einem Reihen-Fertighaus
bei aller Liebe – des wollt'sch net
des halt'sch net aus
später vielleicht

jetzt wär noch Zeit
du mu'sch was mache
sonscht wird's immer enger
du spür'sch genau
des Intermezzo dauert länger
des sieht sogar
nach lebenslänglich aus
aber warum aigentlich net?
es lauft doch wunderbar
noch geht mer Hand in Hand spaziere
kann z'amme lache
Blödsinn mache
hat Freud im Bett
zwar nimme so oft
aber regelmäßig immerhin
du wir'sch zum Reihenhaus-Verdränger
ums Rumgucke hock'sch drin
dann isch's vorbei
mit dem verliebte Tandaradei
Zeit für Nägel mit Köpf

sich öfter im Lebe verliebe
schön wär's!

wenn's am schönste isch
dann soll mer geh
aber wer macht des schon
beim Verliebe?

ich waiß nur aus Erfahrung
wenn der Abschied
nimme schwerfallt
isch mer mol widder
zu lang gebliebe

und der Zeitaufwand
der isch schon immens
den mer zwischedrin braucht
zur Rekonvaleszenz.

Voll ins Fettnäpfle

Wie oft hab ich mir schon vorg'nomme
überleg dir vorher, was du sag'sch
oder halt besser dei Gosch!

es isch ein Elend mit mir
will ich was G'scheites sage
krieg ich's net raus
aber so blödes G'schwätz
hopft von de Zung wie'n Frosch

ich hab sie lang nimme g'seh
die Nachbarstochter, die Melanie
sie hat irgendwo studiert
per Zufall hab ich sie getroffe
am Regal in der Müller-Drogerie
sie hat einen Duft ausprobiert
an so'me Pappedeckele g'roche
ich hab mich in dem Lade verlaufe
wollt was gege Textilmotte kaufe
mit zwai Rolle Klopapier in de Hand
nach einem längere Seiteblick
habe mer uns sofort erkannt

ich hab noch überlegt
ob ich ihr Bäuchle wortlos übergeh
als hätt ich's net g'seh
aber wie du mich kenn'sch
ich bin halt von Natur aus
ein herzlicher Mensch
ich hab mich ganz spontan
ehrlich g'freut für sie
dann muss des raus!

au hoppla, Glückwunsch, Melanie!
schon ganz schön rund!
wann isch's denn so weit?
wisse Sie schon, was es wird?
egal, gell? – Hauptsach g'sund!

sie guckt mich a mit große Auge
wird rot im G'sicht
haucht noch tschüs und geht
ich hätt mir uff d'Zung beiße könne
grad so junge Fraue
sin doch so heikel mit'm G'wicht.

Der mit de blöde Gosch

Was haißt hier

vornerum scheißfreundlich
hinnerum e blöde Gosch?

manchmol will mer nur
niemand verletze
wenn mer alle Leut
ins G'sicht sage wollt
was mer über sie denkt
hätt mer bald
niemand mehr zum Schwätze

ja lieber Gott!
wenn ich immer höre könnt
was über mich g'sagt wird
kaum bin ich aus de Tür
ich wär doch stocksauer
oder enttäuscht von mir
des wär noch schlimmer

stell dir nur vor
alle Leut, die mer kennt
hocke z'amme in einem Zimmer
ums Verrecke ging kainer raus
die Unnerhaltung wär schleppend
über wen soll mer denn lache
schimpfe oder Witzle mache?

nur vornerum schwätze
gibt net arg viel her
der Gesprächsstoff ging aus
schon nach kurzer Zeit
wär die Versammlung stumm

es fehlt halt der
mit der blöde Gosch hinnerum.

S'Täschle abstelle

Isch des net schlimm mit der Spengler Hildegard? – Was, du wai'sch des net? Wenn ich g'wüsst hätt, dass du des net wai'sch, hätt ich garnix g'sagt.

Du kenn'sch mich, Biggi. Ich kann mei Gosch halte. Also von mir erfahrt niemand nix. Ich g'hör net zu dene Weiber, die vor dem Rewe-Markt am helle Mittag ihr Täschle abstelle un über d'Leut herziehe. Jeder kehre vor seiner Tür, dort isch Dreck genug, sag ich immer. Du brauch'sch nirgends was hie'trage, es isch überall ebbes. Isch's net so? Jeder hat sei Bündel zu trage. Ich schaff mei Sach. Ich guck net links, guck net rechts ... ach, guck mol dort!

Der Dr. Sendelbach, der Guido, mit Gattin Olivia! Die habe sich scheint's widder versöhnt. – Ein glücklich verheiratetes Paar? Könnt mer denke, wenn mer die so sieht, gell. Aber ich sag dir mol was! Komm e bissl uff d'Seit. Des muss net jeder höre.

Die habe getrennte Schlofzimmer. Schon lang. – Ach was, net weil er schnarcht! Geh näher her, Biggi. Ich will net schreie müsse. Im Bett geht bei dene schon lang nichts mehr. Bei ihm schon. Und wie! Aber auswärts, net mit ihr. Horch, der Guido packt doch alles, was net rechtzeitig de Baum hochkommt! Nur seine Olivia, die garnet hoch will, lasst er in Ruh. Immer so junge Dinger, die seine Töchter sei könnte. Klar, ein Frauentyp isch der schon. Groß, braun vom Golfplatz, sportliche Figur für sein Alter, lässig elegant. Nur, was nützt des der Olivia? Von'm schöne Teller wir'sch net satt. Mein Siggi isch mir lieber.

Du, die schwätze wochelang nix mitenanner. Furchtbar. Die verkehre nur schriftlich. Überall hänge so gelbe Klebzettel rum. ›Sowieso anrufen.‹ Oder: ›Graue Tonne raus.‹ Oder: ›Essen im Kühlschrank.‹ Aber nichts Persönliches. Von wege ›Guten Appetit‹ oder sowas. Also, ich könnt des net aushalte. Ohne Schwätze.

Für den Kerl hätt ich sowieso nimme gekocht. Oder doch! Zum letschte Mol vielleicht. Rindsroulade mit'me Zyankali-Sößle. Beim Austunke, wenn er schon d'Auge verdreht, hätt ich ihm des g'sagt. So viel zu dem glücklichen Paar. Jetzt komm'sch du!

Woher ich des waiß? Du kenn'sch doch die Frau Schwerdtle aus de Spitalgass? – Genau! Die Lydia, die Schlapp, die elend! Die putzt bei Sendelbachs. Die Kanzlei und die Wohnung. Die Privaträum macht se besonders gründlich. Die wischt doch Staub in de Schublade. Die käm mir als Putzfrau net über d'Schwell. Wenn die ihre Gummihandschuh auszieht, waiß die alles über dich. Des verzählt die brühwarm. Die isch besser als jeder Tatort-Kommissar. Die ermittelt beim Putze. Investigativ, versteh'sch? Wenn die ihr Geld in ihr geblümte Kittelschürz steckt, hat die jeden Fall g'löst.

Kann'sch du mir sage, wozu die Sendelbachern eine Putzhilfe braucht? Was mache denn die Weiber den liebe lange Tag? Außer des Geld von ihre Männer fortschaffe?

Du, mittags hockt die schon mit der annere Faulenzerin, der Bogner Susanne, vor dem neue Bistro am Marktplatz. Tennisköfferle im BMW-Cabrio, Sonnebrill über de Stirn. Guck, so! Prosecco Aperol. Oder wie haißt des neumodische G'söff? – Hugo. Richtig. Wie im Urlaub. Mitte unner de Woch! Ha'sch du schon mol e Putzfrau g'habt, Biggi? Ich net. Aber ich bin net neidisch. Du?

Ich hab die Olivia schon in de Schul net leide könne. Die hat immer schon die Madam g'spielt. Wollt was Besseres sei. Wenn mer schon Olivia haißt! Der Name schreit direkt nach Personal. Aber du, die kann von mir aus noch eine Köchin und einen Gärtner beschäftige. Des isch mir wurscht. Es isch ja net, dass mer red', mer sagt halt nur.

Mir stehe e bissl ung'schickt im Weg. Komm rüber zum Fahrradständer. Isch dein Wolfgang aigentlich immer noch auf Montage bei dene Kameltreiber? – Abu Dhabi, aha. Des zieht sich aber. Zum Glück kann mer heutzutag skypen, gell. Aber des Körperliche fehlt halt doch. Oder? Also, ich muss sage, für mich wär die Skyperei nix. Wenn ich jemand net a'lange kann, wollt ich'n lieber net seh. Des macht die Trennung doch nur schlimmer, könnt ich mir vorstelle. Des wär, als ob ich Hunger hätt, und mir wedelt jemand mit'me Schnitzel vor de Nas rum. Also, des isch vielleicht ein blöder Vergleich. Entschuldigung.

Ich hab e stressfreie Woch. Die Küche bleibt kalt. Mein Siggi dappt mit seine Wanderkamerade im Schwarzwald rum. Auf dem Westweg. Stell dir vor, von Pforze bis Basel. Jesses, mei Tasch! Net dass des Rapsöl auslauft. Des wär e schöne Sauerei!

Ach guck dort, die Speidel Sandra! Heut mol ohne ihre Kinner. Wahrscheinlich hat se die bei ihrer Mutter. Also, wenn die ihr Mutter net hätt! Die muss doch jeden Euro dreimol rumdrehe. Die muss bei allem überlege, brauch'sch des wirklich? Muss des sei? Gibt's des im Sonderangebot? Deshalb isch die lang drin un kommt mit wenig raus. Die hat so eine gute Halbtagsstell g'habt. Beim Geschenkversand-Haus Ulmer in der Packerei. Was macht die dumme Nuss?

Ja, Kündigung, betriebsbedingt. Angeblich, ich waiß. Ich hab was anneres g'hört. Aber Biggi, des bleibt unner uns. Es haißt, sie hätt was mitgehe lasse. Bei Stichprobe habe die in ihrer Handtasch zwai so Stofftierle entdeckt. En Pandabär un en Pinguin. Von Steiff. Mit so'me Knopf im Ohr. Die sin net billig. Gut, zwai hat se schon nemme müsse. Du kann'sch net einem Kind was schenke und dem annere net. Aber die hätt doch Personalrabatt kriegt!

Also wenn'd mich frog'sch, die Sandra war nie von Schaffhause. Was hat die schon die Stelle g'wechselt! Dann zwai Kinner von verschiedene Vädder! Die sich nimme blicke lasse! Zwai goldige Mädle. Grad die Désirée mit ihre schwarze Kullerauge und ihre Krusselhärle. Du, die könnt'sch grad knuddle. Die hat se von diesem Neger, also dem Farbige, dem Afrikaner. Was waiß ich, wo der her war. Aus Zimbabwe oder Uganda. Also bei dem ha'sch wirklich Neger sage könne. Des war ebe net bös g'maint. Der war sowas von schwarz! Ich glaub, sogar in Afrika wär der uffg'falle. Der hat die nur g'heiratet, dass er bei uns bleibe kann. Jetzt isch er do, nur wo? Glaub'sch du, der bezahlt einen Cent Unnerhalt? Im Lebe net! Genauso wenig wie der annere Windbeutel, von dem die Jessica stammt.

Die Sandra isch halt e bissl naiv. Einfältig. So e Trutschele, wai'sch, was ich main? Die hat ein gutes Herz, vor allem bei Männer im falsche Moment. Die Kinner sin immer die Dumme. Die hocke jetzt im Nescht wie frischg'schlüpfte Vögele. Sperre ihre Schnäbel uff, bis Futter kommt. Net so leicht bei Hartz IV. Herrgott, warum kippt denn die Tasch dauernd um?

Pass uff, neulich steht die Sandra vor mir an der Kass. Ihr Einkaufswage randvoll. Sogar Vanille-Eis drin. Net die billige Sort.

Des Premium von Langnese, ›Cremissimo‹. Ich hab mich noch g'wundert. Hoppla, denk ich, net schlecht für Hartz IV.

Normal guck ich net, was jemand im Wage hat. Nur, wer vom Staat lebt, zahlt im Prinzip mit meinem Geld. Und mit deinem! Der geht, wenn du so will'sch, mit unsere Geldbeutel ei'kaufe. Bitte, dann kann ich als Steuerzahler doch noch gucke wolle dürfe, wofür die mei Geld ausgibt! Verständlich, oder?

Jetzt, was passiert? Die Sandra wird immer nervöser. Plötzlich schiebt die ihren Wage aus der Schlang, lasst mich vor. Sie hätt was vergesse, sagt se. Verschwindet mit ihrem Kärrele zwische dene Regale. Ich zahl mei Sach, pack alles ei, will raus zum Auto. Du, dann hat's mich doch gepfupfert. Ich wollt wisse, was die Sandra angeblich vergesse hat. Am Stehtischle bei der Cafeteria hab ich e Tässle Kaffee getrunke. Von dort hat mer die Kasse im Blick. Fünf Minute, zehn Minute. Keine Sandra. Ich hab en Bienestich g'esse. Grad hab ich die letschte Gabel im Mund, seh ich sie an der Kasse vier. Ihr Wage bloß noch halb voll, beinah leer! Nur noch Grundnahrungsmittel. Kartoffel, Gelberrübe, Fischstäble, paar Büchse Ravioli, Beutelsuppe, Milch, Eier, billige Tiefkühl-Pizza. So Zeug. Was noch? Aus der Entfernung hab ich ohne Brill net so genau g'seh, was die auf des Band g'legt hat. Doch, noch en Storzel schwarze, faulige Banane, stark reduziert, praktisch für umme. Kein Langnese Premium Cremissimo Eis mehr!

Soll ich dir sage, was die vergesse hat? – Genau! Dass der Monat dreißig Tag hat! Und dass es sich mit Hartz IV halt nimme so cremissimo lebt! An der Kass isch der des ei'gfalle. Dann hat die alles, was net unbedingt sei muss, zurückg'legt. Ordentlich, dort, wo's war. Sonscht hätt die net so lang gebraucht, bis ich den Bienestich g'esse hab. Also Biggi, mir hat in dem Moment s'Herz geblutet. Grad wege dene zwai Mädle. Ich wär am liebschte nochmol in den Rewe g'rennt. Hätt so ein Cremissimo-Eis g'holt. Schokoriegel oder Überraschungseier für ihre Kinner. Aber sie war schon weg. Außerdem hab ich mich e bissl geärgert, ehrlich g'sagt. Mir frech ins G'sicht lüge, sie hätt was vergesse! Ich lass mich net gern für dumm verkaufe. Armut isch doch kai Schand. Dazu kann mer steh.

Aber sei's, wie's will. Es spricht für die Sandra, dass die des Zeug net grad in irgendein Regal g'schmisse hat. So Leut gibt's! Die lege die Sache im Vorbeigeh diskret ab. Egal, wo. Halt dort, wo ihne einfallt, dass se des doch net dringend brauche. Ob die Ware gekühlt werde muss oder net. Hauptsach vor der Kass weg! – Lach net. Also, ich hab schon Cocktailkrabbe im Drogerieregal zwische de Klobürschte entdeckt. Sowas isch e Sauerei! Wo im Fernsehe in de Dritte Welt d'Leut verhungere!

Was? – Ja, du ha'sch Recht. Die Sonn stecht heut arg. Stelle mer uns lieber in de Schatte. Dort, des Bäumle am Parkplatz. Nebe dem Hähnchengrill. Halt! Mei Tasch! De Geldbeutel drin!

Von was habe mer's grad g'habt? – Ach ja! Kürzlich hab ich beobachtet, wie die Frau ... ich nenn keinen Namen. Aber du kenn'sch die von der Bauch-Beine-Po-Gymnastik. Du sieh'sch bei der sofort, dass die des braucht. Ziemlich korpulent. Stirnband aus Hasefell. So lila Strumpfhose. Kommt immer zu spät. Mehr sag ich net. – Ja, genau die! Die Albickern von ›Landhaus-Moden‹!

In dem schräge Deckespiegel über dem Gemüsestand hab ich genau verfolge könne, was die macht. Die schlendert von der Metzgerei-Theke hinner mir vorbei. Bleibt immer widder steh. Sie holt e Päckle aus ihrem Wage, setzt d'Brill uff, lest den dra'geknipste Kassebon. So unschlüssig, verwirrt irgendwie. Sie guckt nach alle Seite. Un dann, ich denk, ich seh net richtig.

Blitzschnell schlenkert die des Gückle zwische die Dose mit Katzefutter! Geht weiter, als ob nix g'wese wär. Zügig in Richtung Kassenzeile. Ich hab g'lauert, bis se um die Eck war. Vorne bei de Zeitschrifte.

Dann hab ich des Gückle rausgezoge, den Zettel g'lese. Drei Lendensteaks vom Rimmelsbacher Rind, 760 Gramm, 22 Euro noch was. Aha! So isch des! Alles klar! Du, mit dem Preis hat die net g'rechnet. So viel wollt die net ausgebe! Aber dem Metzger wollt sie nix sage. Von wege zu teuer. Des wär ihr peinlich g'wese. Also weg mit! Entsorgen, bevor's ans Bezahle geht! Egal wo. Wenn die des Flaisch wenigschtens in einer Kühlvitrine abg'legt hätt. Aber so?

Dabei hat die Albickern Geld genug. Ihr Boutique im Zentrum lauft super. Gut betuchte Stammkundschaft. Exklusiv. Auch im Preis. Aber die isch stadtbekannt geizig.

Ich hab mir sage lasse, bei ihrem Geschäftsjubiläum war nach einer Viertelstund schon des Fingerfood weg. Wenig später auch der billige Wein. Frascati und so'n läpprige Rotwein vom Discounter. Am End hätt die noch mit dene drei Musiker rumg'händelt. Wege ihrer Gage. Die hätte zu wenig g'spielt. Fahrgeld sei nicht vereinbart g'wese. Dabei hätte die eine tolle Musik g'macht. Sinti aus der Pfalz. Zigeunerswing. Also die Albickern kommt mir so leicht net aus dieser G'schicht raus, hab ich mir g'sagt.

Was ich g'macht hab? Du, ich hab die Tüt einer Verkäuferin in die Hand gedrückt. Die hätt eine Kundin beim Metzger vergesse. Ob sie die der Dame net bringe könnt. Freundlicherweis. Kasse drei. Aber sie müsst sich beeile. Wichtiger Einkauf! Für eine Einladung. Ich könnt momentan net weg. Hätt mich am Gemüsestand mit einer Freundin verabredet. Woran sie die Person erkenne könnt? Kein Problem, hab ich g'sagt. Stattliche

Figur. Tragt ein Dirndl. Einen Hut mit einer Auerhahnfeder. Ich hab der junge Frau, Azubi wahrscheinlich, dezent einen Fünf-Euro-Schein in ihr Kuttetasch g'schobe. Die hat des Geld net nemme wolle. Bitte, hab ich g'sagt, des isch nur ein kleines Dankeschön. Weil Sie so nett sind. Noch was. Könnte Sie die Dame ausrufe lasse? Sicherheitshalber. Albicker ihr Name. Ich kenn sie flüchtig.

Ich bin net boshaft, Biggi. Aber so Furzklemmer kann ich net verknuse. Ich hab mir ins Fäuschtle g'lacht. Perfektes Timing! Die Musikberieselung brecht ab. Es knackt im Lautsprecher. »Eine Frau Almbichler möchte sich bitte im Büro der Filialleitung melden.« Genau in dem Moment übergibt die Angestellte der Albickern des Gückle! Des G'sicht! Erscht völlig verdutzt. Ein Zucke um de Mund. Sie bedankt sich mit'me knallrote Kopf. Ich hab mich nebe sie g'stellt. Wie zufällig. Ah, guten Tag, Frau Albicker, hab ich g'sagt, auch einkaufen? Was vergesse? Des isch ein Service, gell!

Des hab ich mir net verkneife könne. Die war ganz verdattert. Hat bloß kurz g'nickt. Und ab durch die Mitte. Des denkt der!

Schon halb zwölf? Aber des isch mir heut mol egal. Normal müsst ich jetzt in de Küch steh. Seit mein Siggi in Rente isch, will der sein Mittagesse. Dehaim. Er hätt lang genug in der Kantin des Zeug esse müsse, sagt er. Er isch halt en Schwob. Des merk'sch. Die wolle alle um zwölfe zu Mittag esse. Aber richtig, mit Supp und allem Drum un Dra. Also, ich bräucht des net. Bei der Hitz langt mir e Tomatesalätle ... Halt! Stopp! Mei Tasch, Mensch!

Jetzt wär mir der Käskopf beinah drüberg'fahre! Guckt der net in de Rückspiegel? Es gibt doch die Piepser! ›Bio-Gemüse aus Holland. Kontrollierter Anbau.‹ Wer's glaubt, wird selig! Herrgott, die stinkige Auspuffwolk, des a noch!

Und? Was ha'sch du heut im Programm, Biggi? – Net viel? Frei'gnomme im G'schäft? Des passt doch! Vorschlag. Ich hol uns im Backshop drübe zwai Cappuccino. – Cappuccini, von mir aus! Dann hocke mer an so e Tischle im Freie. Kurze Auszeit im Alltag. Wellnessmäßig. Was die Olivia, die Susanne und Konsorte jeden Tag mache, könne mir uns ausnahmsweis a mol gönne! Main'sch net? – Also! Sitz mol nüber. Inzwische besorg ich die Cappucci... nis. – Schwätz net! Wann sollt'sch die Anna von der Kita abhole? – Um drei? Zeit genug. So ein Enkele macht Freud, gell. Aber anstrengend. Die Nerve hätt mer auf Dauer nimme. Unsern Jean-Baptiste habe mer oft übers ganze Wocheend. Mir freue uns immer, aber dann gebe mer ihn a gern widder ab. Für die Erziehung hat mer zum Glück nimme die Verantwortung. Des isch des Schöne. – Der Name? Kompromiss. Die Schwiegertochter isch Französin. Aus Reims, ich sprech des halt deutsch aus. Jetzt haißt des Büble in Gotts Name Jean-Baptiste Nägele. – Klingt e bissl komisch, ich waiß. Aber was soll's? Halt multikulturell. Der Siggi und ich sage sowieso nur Hänsle zu ihm. Am Samstag kriege mer ihn widder. Guck, in meiner Tasch. Des isch für ihn. Tiefkühlpizza, ein Sack Pommes. Kann'sch grad in de Backofe schiebe. Hier, Ketchup. Muss sei. Des drückt der sich mit baide Händ über alles. Kann'sch manchmol net zugucke. Aber des esst er halt für sei Lebe gern. Dehaim kriegt er sowas net. Jesses, die Pizza lasst sich schon biege! Zeit, dass mer unner de Sonneschirm komme. – Mit Milch oder Sahne? Lass dein Geldbeutel stecke!

So, bitte. Nicht verläppert. Isch des net e bissl wie Urlaub? Sollt mer öfter mache. So e Päusle im Alltag. Die Seele baumle lasse. Sag mol, Biggi, ich hab dich lang net g'sehe. Beim Bauch-Beine-Po habe mer dich vermisst. Im ›Brush up your English‹-Kurs war'sch nimme. Ha'sch dich e bissl zurückgezoge? Gibt's Gründe? – Net? Alles im grünen Bereich? Oder doch was mit deinem Wolfgang? Obwohl, dass der dort fremdgeht, muss mer net befürchte. Die habe doch die Scharia oder wie des haißt. Die hacke sogar einem Dieb die Hand ab. Was die bei Ehebruch mit so'me Mann mache, stell ich mir lieber net vor. – Was? Ja, stimmt jo. Dort sin an sowas immer die Fraue schuld. Steinigung. Furchtbar. Dort überleg'sch dir aber jeden Seitesprung gut. Wahrscheinlich so lang, bis du des doch net mach'sch. Schlechte Gegend für einen One-Night-Stand.

Na ja, Biggi, Spaß beiseit. Du wai'sch, wenn was wär, könnt'sch du mir des sage, gell. Des bleibt bei mir. Du kenn'sch mich. Ich trag nix rum.

Achtung! Die Schwerdtle Lydia! Guck weg! Net dass die uns herkommt! Also, bei der sieh'sch richtig, wie die horcht. Immer auf Empfang. Die spielt mit de Ohre wie e Katz. Isch se vorbei? – Gott sei Dank! Jetzt könne mer widder normal schwätze.

Wo ich die Schwerdtle grad seh, fallt mir ei, ich wollt dir doch die Sach mit der Spengler Hildegard verzähle, der arme Sau! Also die hat wirklich die Arschkart gezoge! Annerscht kann'sch des net sage. Die G'schicht isch e bissl verzwickt. Ich muss kurz ausshole. Ich waiß jetzt garnet, wo ich a'fange soll. Oder doch, pass uff!

Du kenn'sch doch des alte Schild vom Spengler. ›Massagepraxis Winfried Spengler. Physiotherapie. Birkenstock-Depot‹.. Ganz seriös. Ha'sch du des neue Transparent im Vorgarte schon g'seh? Mattglas, von inne beleuchtet. Riesig. ›Winnie's Health

& Wellness Point.‹ Drunner steht, was er jetzt alles anbietet. Ich krieg's garnimme z'amme. Wart. Lass mich überlege.

Osteoporo... Osteopathie, Pilatus, Aroma-Therapie, ayurvedanische Behandlung, Reflexfuß... Fußzonen... Ja, genau! Fußreflexzonen-Massage. Dann Klangschalen-Meditation zum Stressabbau. Do hört's bei mir uff! Des sin doch Fürz! Wenn ich sowas les, krieg ich schon Stress! Klangschalen-Meditation. Des hab ich jeden Tag in meiner Küch! Wenn ich unser G'schirr in d'Spülmaschin räum. Do geht mir genug durch de Kopf.

Aber des isch noch net alles. Ich hab im Internet geguckt. Er hat eine professionell g'machte Homepage. Was les ich dort? Ganz unne in rosa Schreibschrift: Einführung in das indische Tantra. – Was haißt hier na und? Du, bei Google steht über Tantra en Haufe Zeug. Aber im Grund geht's darum, dass Männer länger könne! Was hat des mit Physiotherapie zu schaffe? Auf Rezept, von der AOK genehmigt? Für Tantra-Behandlung zahle die net!

Nebebei, von wege länger könne. Über meinen Siggi kann ich mich net beklage. Für dreißig Jahr verheiratet bin ich zufriede. Es könnt e bissl öfter sei. Aber länger? Ich waiß net.

Im Internet hat er Bilder von dene neue Räum. – Doch! Von auße sieht mer des bloß net! Der hat nach hinne erweitert, großzügig ausgebaut! Auf dem Grundstück von de Schwiegerleut. Die Räumlichkaite sehe tatsächlich so aus, wie mir die Lydia, die Schwerdtle, beschriebe hat. Die war nämlich drin.

Des isch so. Die Lydia putzt schon immer die alte Praxisräum im vordere Bereich. Vier Massageliegen, durch Vorhäng abgetrennt. Ein Schlingentisch, Übungsgeräte. Du kenn'sch doch die Praxis. – Was? Einmal und nie wieder? Versteh ich, Biggi! Ich bin nach meinem Bandscheibevorfall auch net beim Spengler g'wese. Hab mich in Karlsruh behandle lasse. Also, der Winfried hat ai'fach was Schmieriges, gell. Der Kerl war mir nie ganz koscher. Sowas spürt mer als Frau.

Jedenfalls, für den neue, den rückwärtige Trakt, hat er eine Reinigungsfirma beauftragt. Dort hätt die Lydia nix verlore. Aber du kenn'sch die Schwerdtle. Die schnüffelt doch überall rum. Die will doch wisse, wo se net putze soll.

Normal sei der Durchgang ab'gschlosse g'wese, hat se verzählt. Sie hätt immer probiert. Bis der Winfried des mol vergesse hätt. Sie hätt ihre Auge net getraut. Eine kleine Bäderlandschaft mit Gipsfelse und Grotte. Sauna, Whirlpool, alles. Eine sogenannte Saftbar, aber stapelweis Sekt im Kühlschrank. Überall Grünzeug, Palme, Hängepflanze. Sie hätt an dene Blätter g'riebe. Net echt. Weiter im Rundgang. Eine Tür mit Messingschild: ›Meditationsraum.‹ Nix drin! Kein Möbelstück! Nur hellblaue, so flauschige Auslegware mit goldbestickte Brokatkissele. Zwanzig Quadratmeter, hat se g'schätzt. Für Flächen hat die e gutes Aug. Schon wege ihrer Putzerei. Dann hört sie des Auto vom Winfried vorfahre. Sie muss raus! Aber die Neugier. Im Vorbeirenne guckt sie noch in e Zimmer. Net groß. Weinrote Tapete, Spiegel, französisches Bett. Also, nach Lymphdrainage hätt des net grad ausg'seh. Sie hat g'lacht. Die hat doch so e krächzige Stimm. Es klingt furchtbar, wenn die lacht: Jetzt waiß ich, was ich wisse wollt! Des hat mir doch sei wolle!

Biggi, des geht schon lang rum. Ein Gerücht, klar. Aber hartnäckig. Ich geb normal nix uff des G'schwätz. Trotzdem, es isch immer was dra. Und ich sag dir, die physiotherapeutische Praxis betreibt der Spengler nur noch als Alibi. Vorne. Hinner der Fassade hat sich der Lade so schleichend, ich will net sage zu'me Puff, aber zu einem Swingerclub entwickelt. – Doch, wenn ich dir sag!

Des glaub'sch net? Du, des muss net offiziell sei. Des spielt sich so halb privat ab. Fließender Übergang. Sauna, ganz harmlos. Alles nette Leut. Intime Clubatmosphäre. In der Sauna hockt mer sowieso nackt rum. Warum net an der Saftbar? Vielleicht so ein Schnürlesding, ein schwarzer Tanga. Des prickelt. Zu viert im Whirlpool, Schampus von der Saftbar am Poolrand. Des Wasser sprudelt so schön unnerum. Anregende Gespräche bei zunehmendem Körperkontakt. Er: Lasse mer doch des Herr Schmitt, ich bin der Karl-Heinz. Sie: Ich bin die Ursula, die Uschi. Pröschterchen. Des Küssle uff de Backe verrutscht einvernehmlich zum Zungekuss. So geht des los. Irgendwann verschwinde die Arm in Arm im Séparée. Ehepaare, vor allem ältere, zieht's mehr in den Gemainschaftsraum, wo alle im Rudel kreuz un quer ... ich sag mol meditiere. Klar, die suche den Kick! Sonscht hätte die dehaim bleibe könne. Alles wie gehabt. Nur zu zwait. – Wieso ich mich bei der Swingerei so gut auskenn?

Ich kenn mich net aus. Aber überleg doch mol richtig. Des Theater um die Intimsphäre kennt nur der Mensch. Reine Erziehung! Welches Tier zieht sich denn mit seinem Partner zum Sex zurück? Nicht einmal diese hoch entwickelte Großaffe, die's dauernd treibe. Wie haiße die denn? – Richtig! Die Bonobos! Du, Sex isch für die wie Esse un Trinke. Die hopple rum, wo sie des grad überkommt, also ständig. Egal, ob am Freigehege Grundschüler oder Ordensschwestern zugucke! Über die hab ich im Fernsehe einen Film g'seh. Die brauche keinen Swingerclub! – Bissl leiser? Ach Gott, ja! Leut am Nebetisch. Die hab ich garnet g'seh.

Mit unserm Jean-Baptiste, unserm Hänsle, bin ich öfter im Zoo. Aber um die Bonobos mach ich en große Boge. Des Büble isch fünf. Wie soll ich dem erkläre, was die Viecher treibe? Der wär verstört. Außerdem denkt er womöglich, so oft sei normal.

Übrigens, ha'sch des g'wüsst, Biggi? Angeblich hat der Mensch bloß ein paar Gene mehr als ein Bonobo. Aber genau die stehe ihm triebmäßig im Weg. In der Anonymität von so'me Club falle die Hemmunge weg. Außerhalb kennt mer sich net. Es dringt nix raus. Jeder halt sei Gosch, weil er selber dabei war. Im Grund wolle diese Swinger nur ... wie soll ich sage? – Ja! Genau! Zurück zur Natur. Bonobo sei! Ich glaub, Männer habe's do leichter.

Noch'n Cappuccino? – Ach komm, warum denn net? Wo mer doch grad so ein int'ressantes G'spräch habe. Bleib sitze, ich geh! – Schwätz net! Wege dem Euro fuffzich!

Herrgott, jetzt wär ich schier über mei Tasch g'stolpert! Bissl was überg'schwappt. Wo ware mer stehe gebliebe? – Ja, der Spengler und die Swingerei! Bitte, beweise kann ich des net. Aber es geht halt rum. – Sei net so naiv, Biggi! Des spielt sich am Wocheend ab. Immer nachts. Hiesige lasse sich dort natürlich net blicke. Nur Leut von auswärts. Über Internet. Mund-zu-Mund-Propaganda, versteh'sch? Die Anwohner beschwere sich über nächtliche Ruhestörung. Autotüre schlage, Fraue kichere.

Jetzt fallt mir noch was ei! Neulich hab ich im Dritte Programm des ›Nachtcafé‹ g'sehe. Mit dem Backes. Thema ›Partnertausch. Ein Spiel mit dem Feuer‹ oder so ähnlich. Ha'sch des zufällig geguckt? – Schade! Hochinteressant!

Eine Frau, so Mitte 40, hat ihre Erfahrunge geschildert. Ihr damaliger Mann hätte sie zum Besuch eines Swingerclubs überredet. Sie wollt erscht net. Er hätt net lockerg'lasse. Nur ein Versuch, hätt er g'sagt. Wenn sie merke, des isch net ihr Sach, könnte sie doch jederzeit gehe. Ihm zuliebe hätt sie sich auf das Abenteuer ei'glasse. Aber nur unter der Bedingung: keine Fremdpenetration. Nur zuschauen, eventuell Zärtlichkeiten austauschen. Es war e Norddeutsche. Hat ein gepflegtes Hochdeutsch g'schwätzt. Oder gesprochen. Sie sei an sich tolerant. Aber es hätte sie doch Überwindung gekostet. – Warum sie des dann überhaupt g'macht hat? Ja, weil er des wollt! Um ihre Beziehung neu zu belebe. Wie hat sie sich ausgedrückt? Das Sexuelle zwischen uns lag tatsächlich brach. Die Erotik hatte sich nach dem zweiten Kind endgültig aus dem Staub gemacht. Also uff deutsch g'sagt, im Bett war scho lang nix meh los.

Pass uff, es geht weiter. Die ware noch nie in so'me Club. Splitternackt, nur mit'me Badetuch um die Hüfte, stehe die vor der Tür zu dem Grupperaum. Sie klopfe an. Anstandshalber. Kein Herein! Klar, bei dem Betrieb dort drin. Des hört doch niemand. Sie öffne vorsichtig die Tür. Die Frau hat beim Backes d'Händ vor de Mund g'schlage. Mein Gott, ich wäre am liebsten rückwärts wieder rausgegangen! Ein Gewoge von Leibern! Durch die verspiegelten Wände hat sich der Tumult noch vervielfacht. Da war eine Massenorgie in Gang! Einzelheiten erspare ich Ihnen lieber in dieser Sendung, hat sie g'sagt. Der Backes: Ja, bitte. Ich denke, unsere Phantasie reicht aus. Die Gesprächsrunde hat g'nickt. Sogar der Paartherapeut, der als Fachmann dabei war. Also, den Langweiler hätt ich net gebraucht. Der hat nur dauernd sei Brill geputzt un uff de Nas rum'gschobe. Für des, was der g'sagt hat, hätt er net studiere brauche. Wie ging ihre Geschichte danach weiter? Also, der Backes isch wirklich ein sensibler Moderator. Ein feiner Mann, gell?

Ja, jetzt pass uff! Die Frau hat weiterverzählt. Die Sach lauft aus'm Ruder! Aber des hätt ich der glei sage könne. Bei ihr net. Aber bei ihm. Sie hätt mehrfach zudringliche Männerhänd abg'wehrt. Schwierig bei dieser übergangslose Verwechslerei.

Außerdem, wer den Grupperaum überhaupt betritt, gibt damit des Signal: Ich bin zu allem bereit. Kein Tabu! Insider wüsste des. Aber sie damals net. – Jesses, ja! Du ha'sch Recht. Net so laut. Feind hört mit. Net dass die denke, mir hätte am helle Mittag vor dem Rewe so ein Thema. Debei geht's doch nur um die sogenannte Physiotherapie-Praxis vom Spengler.

Also die Frau beim Backes hat Hilfe suchend zu ihrem Mann rüberg'schielt. So eine rothaarige tätowierte Hex hätt sich über ihn herg'macht. Schwarze Lackstiefel, sonscht nix. Sie will ihn bitte, des Experiment auf der Stelle abzubreche. Mit ihr rauszugeh. Sie sieht sofort: zu spät! Der denkt net dra! Der denkt überhaupt nimme! Der wehrt sich net gege des Weib! Im Gegenteil. Der isch so problemlos bei der Sach, als ob sie des wär! Ein Schock sei des für sie g'wese!

Stille im Studio. Der Backes hilft weiter. Die Situation ist also außer Kontrolle geraten, hat er g'sagt. So hatten Sie nicht gewettet. Wie haben Sie reagiert?

Mit einer plötzlichen inneren Panik, hat sie weiterverzählt. Sie sei sich vorgekommen wie im falschen Film. Kopflos sei sie aus diesem abscheulichen Raum gerannt. Nur noch eines im Sinn: in ihre Kleider und weg! – Was? Des kann'sch versteh, gell? – Ja, genau! Des hat die Frau auch vorg'habt. Dehaim e paar Sache packe. Erschtmol zu einer Freundin ziehe. Vorläufig. Aber stell dir vor, des Schränkle mit ihre Kleider un Wertsache war verschlosse. Den Schlüssel hat ihr Mann.

In ihrer Verzweiflung rennt sie nochmol zu dem Gruppesex-Zimmer. Des hätt sie net mache solle. Sie hätt nur durch den Türspalt gelugt, aber des hätte ihr gereicht, hat se g'sagt. Des war scheint's in dem Moment, wo ihr Mann ihre Abmachung völlig ignoriert hat. Sie sieht nur sei G'sicht. Der Mann isch nicht mehr ansprechbar. Der Gesichtsausdruck ihres Mannes hätte sich ihr, so hat se wörtlich g'sagt, eingebrannt. Des sei ein Schock für sie g'wese.

Gott sei Dank, die Weiber vom Nebetisch sin fort! Jetzt könne mer endlich widder normal schwätze.

Ich hab mit der Frau mitfühle könne. Biggi, du wai'sch doch, wie Männer in der Situation gucke könne! Ich will net sage blöd. Oder doch. Irgendwie schon. Halt verbisse. Jedenfalls unzugänglich. – Des könnt'sch bei deinem Wolfgang net so direkt sage? Ja klar, wenn der bei dir so guckt, fallt dir des net uff! Du freu'sch dich drüber. Weil er des G'sicht nur bei dir macht. Außerdem krieg'sch du in deiner Stimmung selber nimme so viel mit. Des passt! Aber stell dir vor, du sieh'sch des plötzlich als Außenstehende! – Aha! Merk'sch was?

Du, die Frau sieht noch am Fußgelenk von ihrem Mann des Plaschtikbändele mit dem Spindschlüssel! Was mache? Vielleicht sage: Entschuldigung, wenn ich kurz unnerbrech. Den Schlüssel, bitte?

Zwischenrufe aus'm Publikum sind in der Sendung net üblich. Aber e Frau hat aus'm Dunkle vorg'schrie: Dem Kerl hätt ich den Bändel weg'grisse! Un wenn der Fuß drin hänge gebliebe wär! Gelächter im Studio. Paar Fraue habe sogar spontan geklatscht. Der Backes, souverän: Ganz so rabiat waren Sie nicht, Frau ... den Name hab ich vergesse ... Wie ging die Geschichte nun weiter?

Sie sei total durch den Wind gewesen, hat se verzählt. Sie sei in diesem Etablissement wie betäubt umhergeirrt. Diese Bäderlandschaft mit plüschigen Sitzecken, Whirlpool und künstlichen Dschungelpflanzen hätte sie angewidert. Und überall Swingerbetrieb im Anfangsstadium. Es sei unerträglich gewesen. Am liebsten hätte sie sich in eine Burka gehüllt. Verständlich, oder? Stell dir vor, du sollt'sch warte, bis dein Mann fertig isch. Mit einer annere Frau! Sie hat nur e Handtüchle g'habt. Des hat sie sich um die Hüfte gebunde. Für oberum hat's net g'langt. An der Bar trinkt sie zur Beruhigung en doppelte Cognac.

Der Backes lasst seine Gäscht immer geduldig ausrede. Des isch des Schöne bei ihm. Aber ich kürz des jetzt ab. Ein Mann setzt sich nebe sie, erkundigt sich vorher, ob es erlaubt sei. Er zieht diskret seinen Bademantel vorne zu. Drunner sieht sie so'n knappe Männerslip aus schwarzem Latex. Sie denkt noch, der hat mir grad noch gefehlt. Verzeihen Sie meinen Aufzug, sagt er, ich trage dieses lächerliche Ding nicht ganz freiwillig. Dann hätt sich ein tolles Gespräch entwickelt. Keine Zudringlichkeiten, keine unsittliche Berührung. Er hätte ihr nur tief in die Augen geblickt, obwohl sie oben ohne war. Also, ehrlich g'sagt, Biggi, des wär mir als Frau a widder net recht g'wese. – Ja, gut. In der Situation vielleicht. Aber mit so'me Kerl stimmt doch was net!

Jetzt pass uff! Es stellt sich raus, der war in der gleichen Lage wie sie. Nur bei ihm war die Frau die treibende Kraft! Sie hätt ihn mitg'schleppt! Aber es kommt noch besser! Des war zufällig die Frau, mit der sich ihr Mann grad vergnügt hat! Sowas verbindet natürlich.

Ein nicht alltägliches Happy End im Swingerclub, hat der Backes g'sagt. Sie haben sich zügig von Ihren damaligen Partnern getrennt. Jetzt sind Sie seit einem Jahr glücklich verheiratet. Die Frau wird rot wie so ein verliebter Teenager. Ja, haucht sie, ich habe den Mann fürs Leben gefunden. Die Kamera schwenkt ins Publikum. Dort hockt er. Also Biggi, sowas von bieder! Schwammig, Halbglatze, Hängebacke, Schweinsäugle. Ein grüngraues Strickweschtle vom Otto-Versandkatalog, Typ mittlerer Beamter im Ordnungsamt, versteh'sch. Hat in die Kamera g'lacht wie en

Pfannekuche. Den hätt'sch du mir uff de Bauch binde könne, do wär nix passiert. Dass es dem seiner Frau nach Partnertausch war, hab ich direkt verstehe könne. Mildernde Umstände jedenfalls.

Am Schluss der Sendung bringt der Backes immer ein Zitat. Des war diesmol von Shakespeare. Zur Ehe allgemain. Wie war des? Wart. Ja, ich hab's! So ungefähr. ›Besser gut gehängt als schlecht verheiratet.‹ Do isch was dra, gell.

Was guck'sch denn uff d'Uhr, Biggi? – Zwölfe vorbei? Ja und? Es lauft uns doch nix weg! Heut gönne mer uns mol was. Grad so, spontan. Wellness-Päusle im Alltag. Des tut doch gut. Unsere Männer sin fort. Meiner im Schwarzwald, deiner in der Sahara. Mol net überlege müsse, was mer jeden Tag koche soll! Beinah wie im Urlaub, nur vor'm Rewe! Jetzt fehlt nur noch ... Moment! Ich bin glei widder do!

Hier bitte, zwai Piccolo, schön kalt! Aus der Kühlvitrine. – Wieso? Des isch mir egal, was d'Leut denke. Den trinke mir jetzt! Ausnahmsweis mol mittags. Jawoll, des habe mir uns verdient! – Komm, Biggi, mach net rum! Schraubverschluss. Praktisch. – Schmeckt net aus Kaffeetasse? Keine Sorge, auch daran hab ich gedacht. Da, guck! Partybecher. Plastik. Die könne mer nachher grad in den Müllbehälter schmeiße. Gläser wäre natürlich stilvoller. Die klinge beim Anstoße. Prösterchen, Biggi!

Ich hab überlegt, ob ich dir überhaupt verzähle soll, was mir vergangene Woch passiert isch. Aber jetzt mach ich's doch. Weil ich waiß, dass du nix rumtrag'sch. Versprech mir des, Biggi! Die G'schicht bleibt unner uns! Die kennt noch net emol die Schwerdtle Lydia! Vor allem mein Siggi derf des net wisse! Der waiß bis heut noch nix. Des wär net auszudenke, wenn der des über Dritte erfahre müsst! Der wär zu Recht stocksauer. Also, des war so.

Zum Semester-Abschluss von der Volkshochschul hockt unser Englischkurs immer noch e bissl z'amme. Neuerdings im TSV-Clubhaus. Schade, dass du nimme dabei bi'sch. Alles nette Leut. Es war eine prima Stimmung in dem reservierte Nebezimmerle. Obwohl, g'mütlich isch des net. Mit dene Pokalschränk von de Fußballer drin, dem Bügelbrett in de Eck un dem ausrangierte Spielzeug von de Wirtskinner. Jedenfalls habe mer uns in der Rumpelkammer so richtig verhockt. Es war freitags. Niemand hat am kommende Morge schaffe müsse. Des merk'sch halt.

Wann bin ich denn fortg'ange? So um dreiviertel elf. Gut, lass es Mitternacht g'wese sei. So genau waiß ich des nimme. Ich hab noch überlegt, ob ich des Fahrrad besser schiebe sollt. Ich war leicht beschwipst, so e bissl tülü. Aber dann bin ich doch losg'radelt. Es isch ganz gut g'ange. Ich bin sogar en klaine Umweg g'fahre. Am Spengler seinem Grundstück vorbei. Des hat mich doch gepfupfert. Ich wollt doch mol selber gucke, ob an dene Swingerclub-Gerüchte was dra isch. Ortstermin, sozusage.

In dem Viertel war Sperrmüll. Ein Gerümpel vor de Häuser! Inzwische stelle auch die Ausländer ihr Zeug raus, nur weil's ihne nimme g'fallt. Früher habe die den Krempel von de annere in ihren Transit gepackt. Zum Repariere. Des wolle die nimme.

Um das Spengler-Gelände habe schon die Eltern von der Hildegard eine hohe Mauer zur Straßeseit gebaut. Nüchtern wär ich vorbeig'fahre. Des wär a besser g'wese. Aber was mach ich? Ich lehn mein Fahrrad an die Mauer, steig uff den Sattel. Des haißt, ich wollt. Ich rutsch ab. An dem Rauputz hab ich mir jesusmäßig d'Ärm verschürft. Die Inneseite. Hier, guck! Des sieht mer immer noch. – Haimwärts g'radelt? Von wege! Ich hab einen Kühlschrank vom Sperrmüll so über Kant zu dem Mäuerle g'wuchtet. Die Dinger sin net schwer. Ich hab mich druffg'stellt. Jetzt hab ich des Grundstück überblicke könne. – Was und? Nix und! – Nein, Nackte sin net rumg'hopft! Aber ich hab trotzdem genug g'sehe. Mir war klar, dass dort was lauft! Sowas Halblegales in Richtung Swingerbetrieb. – Wie ich darauf komm? Also horch, Biggi! Wenn jemand ausgerechnet dort, wo mer nei'gucke könne wollt, blickdichte Hecke pflanzt, Kirschlorbeer, dann hat der was zu verberge! Sogar vor dem neue Anbau mit der Glasfront ein mannshoher Schilfzaun. Dort soll, laut Schwerdtle, des Spaßbad sei. Ich hab nur ein grünes Schummerlicht g'sehe. Aber wer schwimmt denn mitte in der Nacht bei so einer Beleuchtung? Außer dem verwilderte Nutzgärtle von der Hildegard ganz hinne in dem Vergnügungspark isch alles hermeneutisch abgeschirmt. – Hermetisch, von mir aus. Du wai'sch, was ich main. Mer soll halt von auße absichtlich nix sehe. Bring mi net draus. Prösterchen!

Jetzt kommt des, was mein Siggi um Gottes wille net wisse darf. Versproche, Biggi? – Gut. Ich steig von dem Kühlschrank. Ich klapp die Tür uff. Nur so, gedankelos. Aus Neugier. In Kühlschränk will mer immer nei'gucke. Plötzlich klopft mir ein älterer Mann uff d'Schulter. Ein Anwohner. Hausschlappe, Hoseträger überm Unnerhemd.

Schön's Kühlschränkle, gell, sagt er. Kühlt einwandfrei. Er beugt sich zu mir runner. Hier, gucke Se, großes Gefrierfach. Ich nick. Au ja, do passt was nei! Aber ich ... Er lasst mich net ausschwätze. Sei Frau hätt sich eine neue Einbauküche in de Kopf g'setzt. In ihrem Alter noch. Die Maße stimme nimme. Sonscht sei der Kühlschrank noch bodegut. Des sieht mer, hab ich g'sagt. Sogar frisch ausg'wasche! Er deutet mit seiner Zigarrehand zu einer Eckbank. Altdeutsch, ein scheußliches Ding aus'm Katalog. Das Herz hätt ihm geblutet. Aber sei Frau wollt halt partout ein neues Esszimmer! Er setzt sich druff, rüttelt an der Lehn. Bitte, do wackelt nix! Kein Pressspan-Scheiß! Eiche massiv! Mit dem könne Sie zehnmol umziehe, die Schraube halte immer noch! Ich wollt ihm sage, dass ich vorläufig net umziehe möchte. Du, keine Chance! Sowas kriege Sie heut garnimme, sagt er. Setze Se sich mol her, probehalber! An der Gürtelschlauf von meine Jeans zieht er mich her. Arg ziehe hat er net müsse. Herrgott, hätt ich nur den Absacker, den Ramazzotti, net getrunke! Ich lass mich nebe ihn uff des Bänkle falle. Doch, sag ich, wunderbar bequem. So eine Eckbank isch ai'fach g'mütlich. Jammerschad, dass mer sowas fortschmeißt. Aber ich bin nur zufällig mit'm Rad ... Er springt hoch. Kein Problem! Lieferung frei Haus! Er hätt eine Anhängerkupplung am Opel. So e Hängerle für Kaminholz un Garteabfäll. Als Rentner hätt er jede Menge Zeit. Für so eine schöne Frau sowieso. Ich bin kaum noch zu Wort komme. Sie, des isch wirklich sehr nett von Ihne, hab ich noch sage könne, aber ich kann des doch net ... brauche, wollt ich sage. Er sofort: Doch, das Angebot könne Sie ruhig a'nemme! Ich bin froh, wenn die Sache in gute Händ komme. Bevor diese Flohmarktgeier zuschlage.

Biggi, ich wollt nur noch raus aus der Nummer! Ich bin schon uff'm Rädle g'hockt, hebt der mich am Gepäckträger. Halt! Langsam! Wo wohne Sie überhaupt? Namen und Adresse! Ich blöde Gluck lass mich überrumple. Vielleicht der Ramazzotti. Beim Lostrepple ruf ich zurück: Nägele, Spitalgasse 4! Ich hätt mir uff d'Zung beiße könne! Aber gut, hab ich überlegt, des vergesst der widder. Von wege! Ich hab's vergesse, der net! Was soll ich dir sage? Am nächschte Morge steht der ganze

Krempel vor unserer Garage! Mitte in der Zufahrt! Der Kühlschrank. Die Eckbank, in drei Teile zerlegt, e Gückle mit Schraube. – Du lach'sch! Mir war's net zum Lache!

Ach Gott, hat der Siggi getobt! So hab ich den noch nie erlebt. Komm runner! Guck dir die Sauerei mol a! Do hat so'n Drecksack seinen Sperrmüll ai'fach vor unserer Garage abgekippt! Wenn ich rauskrieg, wer des war, dem brech ich sämtliche Knoche! Des krieg ich raus!

Ich war noch beim Frühstück. Ich spür die Schürfwunde an meine Ärm brenne. Siedendhaiß fallt mir die G'schicht von der Nacht ei! Im Morgemantel renn ich runner. Der Siggi hat sich de Zeh verstaucht, weil er gege den Kühlschrank getrete hat. Er brüllt rum. Ich schimpf mit, dass er sich beruhigt. Also, Leut gibt's! Nicht zu fasse! Aber do kann'sch nix mache. Er: Des were mer sehe! Den verwisch ich!

In der Kühlschranktür hat en Zettel geklemmt. Den hat er zum Glück übersehe. Ich hab'n schnell in meinem Ausschnitt verschwinde lasse. Ich hab ihm helfe wolle, des Gerümpel beiseitzuschaffe. Dass er mit'm Auto wenigschtens rauskommt. In seiner Wut hat der niemand gebraucht. Er hat an dem Morge einen Arzttermin g'habt. Zum Blut abnemme. Hat vorher nix esse dürfe. Dann isch der sowieso grantig. – Der Zettel? Den hab ich nachher g'lese. ›Liebe Frau Nägele, wie versprochen, Lieferung frei Haus! Viel Freude mit den Sachen, Edmund Lauber.‹

Mit der G'schicht hat der Siggi tagelang rumg'macht. Er hat Nachbarn verdächtigt, die er net leide kann. Anzeige gegen Unbekannt wollt er erstatte. Des hab ich ihm ausrede könne. Nur von dem Inserat im Blättle hat er sich net abbringe lasse. ›Dringend Zeugen gesucht! Wer hat in der Nacht vom …?‹ und so weiter. Zum Glück hat sich der Lauber net g'meldet.

Kann'sch jetzt versteh, warum mein Siggi von der Sach auf keinen Fall was erfahre derf? Also, du wai'sch von nix! Ha'sch g'hört? Prösterchen! Ach Gott, schon leer? Horch, Biggi, solle mer uns net noch so e Piccolöle gönne? In dene Fläschle isch doch nix drin. Eines z'amme? – Für dich net? Du spür'sch des schon? Aber angenehm, oder? E bissl was muss mer spüre, sonscht könnt'sch Hahnewasser trinke. Komm, noch ein Fläschle! Du krieg'sch nur en Schluck. Bloß dass mer net so trocke rumhocke. Bin glei widder do!

Hier. Für dich nur e Mäule voll. Gut so? – Alla, wo mer uns doch grad so gut unnerhalte. Net geplant isch oft am schönschte, gell? Prösterchen, Biggi! Jesses, mei Pizza, guck! Die kann ich inzwische falte. Grad egal. Dann isch der Bode wenigschtens gut durchgezoge. Die ess ich heut Obend selber. Unser Hänsle kriegt am Samstag e neue.

Jetzt fallt mir ei, ich wollt dir von der Spengler Hildegard verzähle! Eine arme Sau! Gütertrennung habe die net, sagt die Schwerdtle. Daher kann der aus ihrem Elternhaus einen Swingerclub mache. – Doch! Jedenfalls sowas Ähnliches.

Horch, nach der Heilpraktiker-Prüfung hat der Winfried a'gfange zu spinne! Erscht mit so alternative Fürz, die nur was bringe, wenn mer an die Wirkung glaubt. Des wär noch im Rahme g'wese. Nur Quacksalberei. Aber dann rutscht er mehr und mehr ab in die spiritistische Szene. – Ja, spirituelle oder so. Belegt windige Seminare. Schwerpunkt: Erlebnistiefe beim Sex. So Zeug. Des war der Einstieg in des Schmuddelg'schäft. – Ich übertreib?

Googl mal Tantra-Massage! Mit Lymphdrainage, Krankengymnastik oder Lockerung der Muskulatur hat des nix zu schaffe. Do wird hauptsächlich an Stelle massiert, für die sich keine Krankekass zuständig fühlt. Wo du jedem normale Masseur uff d'Finger klopfe däd'sch. Aber wer waiß, vielleicht a net!

Jedenfalls hat die Hildegard die Wandlung bei dem Winfried innerlich net verkraftet. Ihre Eltern ware biedere, rechtschaffene Leut. In dene Praxisräum habe die früher ihr Haushaltsware-Lädle g'habt. Denkt dir des noch? – Ja, genau! Immer ein Kruscht im Schaufenschter. Scheußliche Blumevase, so kitschige Hummel-Figürle. Aber bitte, du ha'sch alles kriegt! Schräuble, Dichtunge, Dübel. – Richtig! Dürers Betende Hände, Kruzifixe, Weihwasser-Schale für nebe de Tür. Des ware baide eifrige Kirchgänger. Erzkatholisch. Sie war sogar im Kirchechor.

Ich wollt damit nur sage, so isch die Hildegard erzoge. Die hat die Umtriebe von ihrem Winfried schon mitkriegt, aber d'Auge verschlosse. Die hat ihm treu und brav den Bürokram erledigt. Inzwische kann sie des nimme. – Wieso? Die kriegt doch nix meh gebacke. Die kann'sch nix meh haiße. – Alkoholprobleme? Des isch mild ausgedrückt. Die sauft wie e Loch! Schon morgens harte Sache!

Also Biggi, ich genehmig mir a mol e Schlückle Eierlikör oder Ramazzotti beim Staubsauge. Oder wie jetzt, e Schlückle Sekt. Des kann sogar tagsüber mol passiere. Wenn ich mich wohlfühl. Nur, dann isch gut. Ich fahr net nachts im Taxi zur Tankstell, wenn mir der Stoff ausgeht! – Wenn ich dir sag! Des macht die öfter! Des waiß ich vom Tobias aus unserer Nachbarschaft. Der macht als Student in dem Shell-Shop ab und zu Nachtschicht. Rund um die Uhr offe.

Um Mitternacht, hat er verzählt, stolpert die in den Shop. Irrer Blick. Vor der Waschhalle sieht er ein Taxi warte. Sie steuert sofort uff des Schnapsregal zu, greift sich e Flasch Asbach. Sie schnappt sich vor de Thek eine ›Frankfurter Allgemeine‹

aus'm Ständer. Net zum Lese. Nur um die Flasch ei'zuwickle. Ihm sei schon klar g'wese, des gibt widder Theater. Frau Spengler, sagt er, Sie wisse doch, dass ich ab 22 Uhr keinen Alkohol mehr verkaufen darf! Sie hätt gebittelt und gebettelt. Sie hätt überraschend Besuch kriegt. Leidenschaftliche Congnactrinker. Der Tobias bleibt hart, nemmt ihr die Flasch weg. Des sei Vorschrift, er wollt seinen Job net verliere. Du, plötzlich schmeißt die ihm die Zeitung ins Zigaretteregal! Rennt raus, schneller als die Schiebetür reagiert. Knallt mit'm Kopf voll gege die Glasfront. Taumelt. Des isch noch net alles! Am übernächschte Tag les ich eine kleine Notiz in der Zeitung. Überschrift: ›Rabiate Frau beißt Taxifahrer.‹ Des war die Hildegard. Die hat sich geweigert, den Fahrpreis zu bezahle. Begründung laut Bericht: Die Fahrt sei ergebnislos verlaufen. Der Fahrer hat Strafanzeige wege Körperverletzung g'stellt. Des kann mer dem Mann net verdenke.

Kontrollverlust nennt mer des! Jetzt komm'sch du! Von wege Alkoholprobleme. Selber hat die kaine, weil die des garnimme merkt! Die Probleme habe die annere! Trotzdem, die Hildegard tut mir laid. Wenn mer die Hintergründe kennt. Tragisch. Ohne den Winfried wäre die net so. Die war früher die Sanftmut in Person. Die hätt doch niemand gebisse! – Was? Die Hildegard isch momentan im Urlaub in der Karibik? Ha'sch des a g'hört? Also die G'schicht kenn ich. Sowas spricht sich rum. Des soll sich auch rumspreche. Klingt wunderbar, beneidenswert, gell?

Die Hildegard hat im Preisausschreibe g'wonne. Vier Wochen Kreuzfahrt in der Karibik. Auf dem Traumschiff. Mit Außenkabine sogar.

Ich waiß des alles. Kein Kommentar! Aber sag mol, glaub'sch du des?

Ein Piccolo noch? Z'amme? – Ach komm, wege sowas däd die Hildegard garnet erscht a'fange! – Nix, lass dein Geldbeutel stecke!

Des muss ich dir jetzt noch verzähle. Dann packe mer's. Prösterchen, Biggi! Wenn mer sowas hört wie des mit der Hildegard, geht's uns doch prima. Jetzt sag ich dir was!

Der Hildegard ihr Karibik war im Schwarzwald! In Hirsau! Das Traumschiff? Die psychiatrische Klinik von dem Professor Römhild. Sagt dir des was? – Net? Dann sei froh! Die war auf Landgang, aber ohne Meer. Suchttherapie! Entziehungskur! So sieht des aus!

Woher ich des waiß? Unwichtig! Der Teufel isch e Eichhörnle, sagt mer net umsonscht. Die Frau Liebscher von der Kolping-Familie hat ihren depressive Bruder dort besucht, den Heiner. Sie backt ihm zum Wocheend immer e Linzertort. Wen sieht se in der Klapsmühl im Speisesaal hocke? Unser Hildegard! Es hätt net grad nach Captain's Dinner ausg'seh. Die Liebscher hat so g'macht, als hätt sie die Hildegard net g'seh ... Jesses, wenn mer de Esel nennt, dann kommt er g'rennt! – Wer? Die Hildegard! Die kommt vorbei. Normal schwätze! Nix a'merke lasse!

Hildegard, widder im Land? Zurück aus der Karibik? Gell, mer geht jo gern fort, kommt aber a gern widder haim. Arg braun bi'sch aber net. War do grad Regenzeit? Oder bi'sch seekrank in der Kabin ...?

Husch, husch, vorbei! Merk'sch was? Die hat schon widder intus! Die Sonnebrill, violett verspiegelt, dass mer ihre Auge net sieht. Die guckt wahrscheinlich so verschwomme wie e Markklößle-Supp. Dann des nervöse Zucke um de Mund. Ich glaub, die wollt was sage. Aber schwere Zung. Jetzt guck doch! Sieh'sch des? Hoppla, beinah wär's passiert! Die kann kaum die Wegsteuer halte. Ein Elend mit der Frau!

Jetzt hat die ihre Therapie vorzeitig abgebroche. – Doch, des kann die! Die war net in der geschlossenen Abteilung. Des kommt vielleicht noch, wenn die so weitermacht. Seit Montag isch die widder dehaim. Den Behandlungserfolg ha'sch grad g'seh. Guck doch! Die wär beinah über den Bordsteinrand g'stolpert, die Schnapsdrossel! – Montag. Des waiß ich so genau von der Lydia Schwerdtle.

Also die G'schicht muss ich dir noch verzähle! Sowas kann nur der Lydia passiere, dieser Erzschlapp!

Stell dir vor: Am Mittwoch hockt die im ›Salon Graf‹. Ausgerechnet nebe mir! Lasst sich Dauerwelle mache. Ich war nur zum Spitze schneide dort. Ich bin sicher, die isch extra zum Frisör g'ange, um ihre neue Story unner d'Leut zu bringe.

Unner der Haub hat sie selber nix g'hört. Des Gebläse. Deshalb hat die beinah g'schrie. Mit ihrer giftige Stimm. Im Salon war Hochbetrieb. Alle habe zuhöre müsse. Ich hab zu ihr rüberg'schielt. Nur ihr spitzige Nas hat aus der Haub rausgeguckt. Die hat sich mit ihrer Schwertgosch beim Schwätze so mitbewegt. Net so laut, Frau Schwerdtle, hab ich als g'sagt, es müsse doch net alle mithöre! Aber die war nicht zu bremse. Es war sowas von peinlich, Biggi! Beim Frisör kann'sch doch net fort!

Sie sei am Montag beim Spengler zur Krankenmassage g'wese. Auf Rezept. Von der viele Putzerei hätt sie Malheur mit der Wirbelsäul. Also, wenn du mich frog'sch, sin des bei der die

Nackenwirbel. Vom viele Rumgucke, ob jemand kommt, wenn se in fremde Schublade stiert.

Es sei spät g'wese. Kurz vor Praxisschließung. Sie käm beim Spengler immer zuletscht dra. Immer in der hinnere Vorhang-Kabin bei der Durchgangstür zu dem … Ich sag's lieber net, hat se g'sagt. In dem Salon habe sich die Fraue a'geguckt. Die Lydia. Seit Jahren macht sie in der Praxis sauber. Alles blitzblank. Sogar die Sitzbäll wäscht sie regelmäßig nass ab. Aber die schmuddlige grüne Filzvorhäng! Sie beugt sich vor, schimpft zu mir rüber. Die sin mir ein Dorn im Aug! Aber ich seh net ei, dass ich die für sechs Euro Stundelohn und eine Gratis-Massage im Monat a noch dehaim wasche soll! Gemurmel im Raum. Ausbeutung! Acht Euro fünfzig Mindestlohn!

Nach der Massage hätt der Spengler g'sagt: So, Frau Schwerdtle, jetzt ruhe Sie sich noch e paar Minute aus. Sie wisse doch nachher, wie Sie rauskomme, gell? Er hätt noch was zu erledige.

Kann'sch dir denke, wie's weitergeht, Biggi? – So war's! Die Schwerdtle isch in ihrer Kabin ei'gschlofe. Richtig tief. Wie lang, könnt sie net sage. Die Wärme von dem Fango. Des Massiere. Sie hätt außerdem an dem Tag an vier Stelle geputzt. Morgens schon bei Sendelbachs. Sie sei hundsmüd g'wese. Jedenfalls, der Spengler hat sie glatt vergesse. Hat gedacht, sie sei schon lang fort.

Ihre Sache hätt sie mit in die Kabin g'nomme. Ihr Tasch mit'm Geldbeutel. Des ganze Geld vom Putze drin.

Sie kommt langsam zu sich. Es sei schon beinah dunkel g'wese. Sie hätt erscht garnet g'wüsst, wo se isch. Im Halbschlof hätt sie den Ausknopf vom Fernseher drücke wolle. Hätt geträumt, sie sei dehaim vor dem Fernseher verschlofe. Des käm ab und zu vor. Sie guckt sich um, sieht ihre Sache uff'm Hocker. Der grüne Vorhang. Sie spürt des Fango-Kisse in ihrem G'nick, kalt inzwische. Es hätt ihr gedämmert, wo sie war. Nur mit dene Geräusche im Raum hätt sie nix a'fange könne. Die ware net vom Fernseher in ihrem Traum. Ein fürchterliches Geschnaufe und Gestöhne sei des g'wese. Sie hätt direkt Angscht kriegt. So hätt des geklunge ... Du, Biggi, jetzt hat die Schwerdtle die Geräuschkulisse imitiert! In dem volle Salon! In einer Lautstärke!

Sie stöhnt, röchelt, schnappt nach Luft, jammert, hechelt. Sie krächzt unner ihrer Haub: Oh ja! Ja! Weiter!

Kann'sch dir vorstelle, was ich nebe der Frau mitg'macht hab? Ein Tumult in dem Salon. Die Frau Graf kommt g'rennt. Jesses, Frau Schwerdtle, geht es Ihnen net gut? Was mit'm Herz? Sabrina! Oder du, Aische! Telefon, vorsichtshalber de Notarzt! 19222!

Die Frau Graf hat des Ozonding abg'stellt. Des Gebläse. Tässle Kaffee, Frau Schwerdtle? Vielleicht nur der Kreislauf. Mit Milch und Süßstoff, wie immer? Die Lydia hat von der Hektik um sie rum nix mitkriegt. Gern, hat se g'nickt, aber net lauwarm wie beim letschte Mol. Ich hab die Seniorchefin aufgeklärt. Der Frau Schwerdtle ging's gut. Sie hätt nur was verzählt. Ich hab mich für sie entschuldigt. Die Gräfin hat g'sagt, des hätt sich aber net so ang'hört. Geht des vielleicht eine Spur leiser, Frau Schwerdtle? Des int'ressiert net die ganze Kundschaft. Im Spiegel hab ich g'sehe, dass des net g'stimmt hat. Sämtliche Dame habe d'Ohre g'spitzt. Die Lydia hat in ihrem Kaffee g'rührt. Sie hat ihr Stimm e bissl gedämpft. Aber net lang.

Mit einem Schlag sei sie hellwach g'wese. Sei von der Liege kerzegrad in die Höh g'schnalzt. Jetzt hat se widder g'schrie. Jesusmariaunjoseph! Do treibe's zwai mitenanner! Ich hab rüberg'langt. Net so laut! Sie hat mich anscheinend falsch verstanne. Doch, des war laut, Frau Nägele! Un wie! So isch des die ganz Zeit g'ange ... Sie wollt mir die Beischlafgeräusche grad nochmol vorführe. Ich hab sie schnell unnerbroche. Schon gut! Aber was habe Sie denn dann g'macht, Frau Schwerdtle?

Schweißausbrüch hätt se g'habt. Sie wollt verschwinde, bevor die fertig ware. Des hätt sich ang'hört, als sei's immer mehr zu spät. Sie schnappt ihre Sache, schlupft in ihr Kittelschürz. Ihre Schuh und die Tasch mit'm Geld drin klemmt se unner de Arm. Strümpfich sei sie an dene Vorhängle vorbei zum Ausgang g'schliche. Nix wie raus!

Im Salon habe alle gedacht, die G'schicht sei damit aus. Entspannung bei der Kundschaft. Obwohl, manche ware sogar e bissl enttäuscht. Aber alles zu früh. Die Lydia hat sich nur d'Nas geputzt zum Weiterverzähle. Stelle Se sich vor, Frau Nägele! In der letschte Kabin war der Vorhang net ganz zu! Wen seh ich net durch den Spalt?

Ich hab die noch durch den Umhang am Knie gepackt, Biggi! Frau Schwerdtle, bitte! B'halte Se des für sich! Ich will des net wisse! Ich ... Aber es platzt schon aus ihr raus: den Spengler Winfried!

Was? – Peinlich isch gar kain Ausdruck! Ich hab in einer Frauezeitschrift rumgeblättert. Wollt ihr nimme zuhöre. Aber die Schwerdtle kommt mit ihrem Lockewickel-Kopf rüber. Biegt mir des Heft runner. Die schwätzt weiter. Gnadenlos laut.

Der Spengler von hinne! Splitterfasernackt! Steht am Fußend von der Liege. Zwai Füß uff de Schultere. Nur ein schneller Blick im Vorbeischleiche. Zierliche Füßle. Die Frau hat se net seh könne.

Sie hat laut losg'lacht. Ein Bild für Götter! Also der Spengler, der hat Haar uff'm Buckel wie ein Aff! Pechschwarz! Wie mein Alfons früher. Bloß bei dem ware se am Schluss grau. Aber bis zum Ärschle runner. Der Spengler hat a grad so e klaines Doppelweckle.

Im Spiegel hab ich die Dame beobachtet. – Ja klar, der ganze Salon hat mitg'hört! Kopfschüttle. Manche habe amüsiert g'schmunzelt. Die vornehme Frau Zurlinden hat nervös g'hüschtelt. Nebe mir hat sich die Veronika vom Architekt Bucerius Strähne mache lasse. Mit so Silberpapierle am Kopf. Sie hat g'frogt, ob sie im Personalraum e Zigarett rauche dürft. Sie könnt des G'schwätz nimme aushalte. Unerträglich. Nur die Lydia hat des alles net gekümmert. Die verzählt weiter. In voller Lautstärke.

Sag mol, solle mer noch so e Piccolo ...? – Net? Des muss net sei! Du ha'sch vielleicht Recht. Ich waiß net, heut könnt ich lauter Sache mache, die net sei müsse. In dene Fläschle isch doch nix drin. Die Hildegard däd wege so'me Piccolo garnet erscht a'fange. Unner einer Magnum ging bei der nix. Un mir mache lang rum wege so'me Fingerhütle Schampus! Auf, komm, heut ausnahmsweis! – Wieso sieht des blöd aus? Zu früh am Tag? – Ich muss doch net immer an derselbe Kass bezahle! Des Lebe macht doch erscht dort Freud, wo mer so Sache macht, die net sei müsste, oder?

Nemm die Hand weg! Sieh'sch, jetzt hab ich dir was über d'Finger ... Entschuldigung! Prösterchen! Auf unsere Zufallsbegegnung! Unsere Rewe-Hocketse! Ach Gott, wo isch denn mei Tasch? Do!

Ja, pass uff! Die Lydia kommt unbemerkt raus. Im Vorgarte hat se ihr Kittelschürz zugeknöpft. Heilfroh sei sie g'wese! Sie wollt doch niemand bei dem G'schäft unfreiwillig belauscht habe. Jetzt sei ihr klar g'wese, was der Spengler noch erledige wollt.

Aber des wär net die Lydia Schwerdtle, wenn die net brennend int'ressiert hätt, zu wem die Frauefüßle g'höre! Was macht die also? Schräg gegenüber isch doch des Kinnerspielplätzle, kenn'sch des? – Richtig! Mit dem hölzerne Pirateschiff auf Pfeiler aus Baumstämm. Du komm'sch nur über e Strickleiter hoch. Als Kajüte steht drobe so eine Art Verschlag, e Bretterhäusle. Dort klettert die Lydia nei. Von dort kann sie durch die Bretterritze den Eingangsbereich überblicke. Es sei schon beinah dunkel g'wese. Die Zeit, wo Kinner ins Haus g'höre. Klainere ins Bett, die größere zum Obendesse. Gott sei Dank.

Aber sie wär doch ums Haar entdeckt wore. Wie sie des verzählt hat, war Gelächter im Salon. E Büble hätt in des Häusle geguckt. Nur ganz kurz. Der Knäckes sei vor Schreck von dem Schiff g'hopft. Sie hätt ihn unne schreie höre: Mammi, Mammi, do obe hockt e Hex drin! Guck doch! Bitte, komm mit mir gucke! Ich will dir die Hex zaige! Sie hätt in ihrem Aussichtshüttle de Atem a'ghalte. Zum Glück hätt die Mutter g'schickt reagiert: Ja sowas! E Hex? Aber jetzt geht's erschtmol esse. Fischstäble für dich. De Baba wartet schon. Dem verzähl'sch des mit der Hex! Dann geht der nochmol mit dir raus, Leon. Die Hex a'gucke.

Drübe sei lang nix passiert, hat die Lydia erzählt. Endlich hätt ein schwaches Licht g'flackert. Kerzelicht. Aber net unne, sondern obe in der Wohnung. Die Terrassetür geht uff. Des müsst des Schlofzimmer sei. Jetzt wird's spannend, denkt sie noch. Sie geht mit de Auge ganz nah an den Bretterspalt. Plötzlich ein Knall! Wie ein Schuss! Vor Schreck sei sie dermaße z'ammegezuckt, dass sie von dene raupeliche Bretter en Spreißl in d'Nas kriegt hätt! Gucke Se! Sie tippt an ihr Nasespitz. Des hätt sich entzündet.

Kann'sch dir denke, Biggi, was in dem Salon los war? Ein Gelächter! Die Veronika hat in der Tür zur Frisösekantin ihr Zigarett ausgedrückt. Des g'schieht der recht, hat se g'rufe, die soll ihren Zinke in Saifewasser stecke statt in Sache, die se nix a'gehe!

Des hat die Lydia garnet mitkriegt. Die verzählt munter weiter. De Spengler sei nackt rausg'hopft. Er hätt en Sektkorke über des Terrassegeländer g'schosse und sei widder im Raum verschwunde. Der Vorhang wird zugezoge, sogar der Schlitz in de Mitte. Dass mer jo net nei'gucke kann! Durch den Stoff sieht sie nur noch Umrisse, die sich zuproste. Den Spengler, klar. Aber die Frau mit dene Füßle? Namentlich nicht zu erkenne. Die Schatte verschwimme, gehe weg. Dann wird alles stockdunkel. Sie wartet. Zwanzig Minute, e halbe Stund. Nix regt sich.

Jemand ruft aus dem Salon: Wär die damals in der DDR Spitzel bei der Stasi g'wese, hätt die protokolliert: ›21 Uhr. Keine Bewegung mehr im Objekt.‹ Alle lache. Die Lydia lasst sich net drausbringe.

Sie wollt grad uffgebe. Sei schon an der Strickleiter g'wese. In dem Moment kurvt ein Taxi in die Straß! Hält vor dem Eingang drübe. Im Licht von dem neue Transparent. Sie hätt grad noch in des Hüttle zurückschlupfe könne. Hätt sich an dem niedrige Durchgang noch de Kopf a'gschlage. Un wie! E richtige Beul hätt des g'ebe!

Kommentar aus'm Lade: Oh jeh, oh jeh! Des a noch? Hoffentlich bleibt die e Weil! Des war schon gehässig. Aber die Schwerdtle hat's net g'hört. Sie schüttelt ihren Umhang weg. Packt mich am Knie. Frau Nägele! Wer steigt aus dem Taxi aus, mit'm Rollköfferle? Gespannte Stille im Salon. Sie schlagt mir uff de Schenkel, schreit: die Hildegard!

Dabei hätt ihr der Spengler vorhin beim Massiere noch frei ins G'sicht g'loge, seine Hildegard müsst jetzt grad in Santo Domingo sei! Nach dem Reiseplan, dem Kreuzfahrt-Programm. Morge ging's weiter nach Kuba. Einen mords Zorn hätt sie innerlich g'habt. Weil sie g'wüsst hätt, wo die Hildegard in Wirklichkeit steckt! Beim Saubermache im Spengler-Büro sei ein Blatt Papier vom Schreibtisch g'falle. Des hätt sie beim Uffhebe aus Versehe überfloge. Sie holt Luft, beugt sich zu mir rüber, schreit aber so laut, dass es alle höre: Eine Überweisung vom Hausarzt! Aber net in die Karibik! Mehr sag ich net! Nur so viel. In eine Gegend mit schlechter Zugverbindung! Net weit, aber von dort brauch'sch länger als von Kuba retour. Mit'm Taxi geht's schneller.

Die Lydia verzählt weiter. Die Warterei hätt sich rentiert! Kaum sei die Hildegard im Haus verschwunde, sei Lebe in die Bude komme! Schlagartig Licht in alle Fenschter. Erscht Neonlicht in der Praxis, dann sämtliche Deckelampe in der Wohnung. Zuletscht im Schlofzimmer. Der Dimmer wird voll hochgedreht. Jetzt hätt sie besser durch den Vorhang gucke könne. Fraue ziehe sich an de Haar, schlage sich uff d'Köpf. Zwischedrin duckt sich ein dicker Männerschatte. Fuchtelt rum wie ein Schiedsrichter beim Fußball. Wollt anscheinend schlichte. Sie hätt des G'schrai bis in ihr Seeräuberhüttle g'hört. Also, Ausdrück seie g'falle! Die wollt sie garnet in de Mund nemme! Wie bei de Asoziale! An der Tür von ihrem Blockhäusle hätt sie jedes Wort verstanne! Von dort hätt sie auch alles im Blick g'habt. Kampfgetümmel durchs ganze Haus. Wie im Theater. Jedes Fenschter eine Szene. Bis unne. Die Haustür wird uffg'risse. Die Hildegard, wie eine Furie, schuckt e Frau des Trepple runner. Die stolpert, stürzt in de Vorgarte. Klaiderbügel fliege hinnerher. Die Hildegard schreit: Hau bloß ab, du Dreckmensch!

Im Licht von dem Bewegungsmelder hätt sie die Frau deutlich sehe könne. Nur im Schlüpfer, den BH um de Hals hänge. Wisse Sie, wer des war, Frau Nägele? Do komme Sie net druff!

Im Salon hat alles g'horcht. Sogar die Schere habe leiser geklappert. Ich hab aus Verlegehait in einer Zeitschrift geblättert. Aber verkehrt rum. In die Stille krächzt die Lydia: die feine Madam Sendelbach! Die Olivia! Des war die Frau mit de Füßle!

Du, in dem Moment kommt die Olivia in den Salon! Die wollt sich nur einen Termin gebe lasse. Vermutlich für den Ball vom Lions Club.

Ich hab der Lydia noch ans Schienbein getrete, dass se ihr Gosch halt. Zu spät! Die zieht ihren Fuß weg, schwätzt weiter. Wie die Olivia ihren Name hört, bleibt die mitte im Lade stehe.

Ich sag dir, Biggi, ich hab noch nie so konzentriert eine Zeitschrift verkehrt rum g'lese! Wer zuhört, hängt als Gesprächspartner mit drin. Ob der selber was sagt oder net.

Aber die Schwerdtle dreht sich im Drehstuhl zu mir her. Sie biegt mir die Zeitschrift runner. Ich versuch, an ihr vorbeizugucke.

Morgens hätt sie beim Saubermache bei Sendelbachs noch den Klebzettel am Kühlschrank g'lese! ›Bin zur Massage.‹ Ich guck halb in den Spiegel. Aber die Schwerdtle schwätzt mit mei'm Spiegelbild weiter. Wenn sie des G'fühl hat, ich bin net bei de Sach, dann zobbelt sie an mei'm Umhang. Sie lacht boshaft wie e richtige Hex: Frau Nägele, do hat der Spengler scheint's g'merkt, dass er bei der Sendelbachern mit weniger Kraft an de richtige Stelle viel besser an ihre Verspannunge kommt! Bei der ihrer Migräne hockt die Blockade net in ihrem G'nick!

Sie hat huschte müsse vor Lache. – Peinlich? Des isch überhaupt kain Ausdruck! Die Olivia wird leicheblass. Ihre Mundwinkel zucke. Sie dreht rum, stöckelt mit knallende Absätz aus dem Salon. So geht jemand, der bestimmt nimme kommt. Eine gute Stammkundin weniger. Und die Schwerdtle kann sich net erkläre, warum sie bei Sendelbachs nimme putzt.

Stell dir vor, seither grüßt mich die Olivia nimme! Nur weil ich nebe der g'sesse bin! Als könnt ich was dafür! Horch, du kenn'sch mich lang genug, Biggi. Ich halt mich wirklich aus allem raus, weil ich in nix nei'komme will! Seit wann int'ressiert mich des G'schwätz von de Leut?

Pröster... ach Gott, mir habe jo nix mehr drin! Aber es langt a. Also ich spür jetzt doch e bissl was. Aber angenehm. Wie viel Uhr isch'n? – Was, siebe Minute nach dreiviertel ains? Do habe mer uns heut e bissl verhockt. Was soll's? Ausnahmsweis. Muss a mol sei. Schön war's! Gell? Jetzt geh'n mer!

Wart! Bleib noch en Moment sitze! Bis die Frau Liebknecht vorbei isch. Der will ich net begegne. – Warum? Die hat sich lifte lasse. Im ganze G'sicht. Aber total verpfuscht! Die isch todunglücklich, sie kann nur nimme zaige, wie's in ihr aussieht. Sowas wie lächle geht anscheinend garnimme. Die hat so ein operiertes Dauergrinse im G'sicht. Starr halt. Es muss furchtbar aussehe, wenn die lacht. Ich glaub, des lauft dir kalt de Buckel runner. Also, die sieht sich kaum noch ähnlich. Gut, die war vorher arg faltig für ihr Alter. Verhärmt irgendwie. Eine Korrektur wär bei der kain Luxus g'wese. Sage mer, um die Mundwinkel. An der Augenpartie. Von mir aus sonschtwo im G'sicht. Aber überall nur e bissl! Ich will doch wenigschtens noch d'Stirn runzle könne, wenn mir was net passt! Oder? – Nai, Biggi, ich übertreib net!

Des kann die nimme! Zum Stirnrunzle braucht mer e paar Falte in Reserve. Bei der spannt alles!

Nach dem Eingriff kommt die mir in der Stadt entgege. Ich wär beinah an ihr vorbeig'ange, ohne zu grüße. Dann hab ich ihr Hundle g'seh, den weiße Spitz. Der kläfft an mir hoch. Ich guck. Dann hab ich sie erkannt. Ich seh plötzlich des Vorher-

G'sicht von der Liebknecht ganz deutlich. Wie in so'me Vexierbildle, versteh'sch? Ich bin verschrocke. Des hat die sicher g'merkt. Aber sowas kann'sch net überspiele.

Ach Gott, Frau Liebknecht? Entschuldigung, ich hab Sie net glei g'sehe. Ich war ganz in Gedanke, hab ich g'sagt. Es war schon e komische Situation. Bei so einer Veränderung kann'sch net ai'fach so mache, als ob nix wär! Normal weiterschwätze, des geht net. Au, habe Sie e bissl was an sich mache lasse, Frau Liebknecht? Sieht toll aus! Sie wirke jünger, hab ich g'sagt. Was hätt ich denn sage solle?

Du, jetzt grinst die mit Träne in de Auge! Frau Nägele, sage Se doch, was Se denke! Glaube Sie, ich wollt des so? Ich fühle mich entstellt! Ich will garnimme unner d'Leut! Sie schluchzt. Träne rolle über ihre g'straffte Backe. Nur des Grinse geht net ganz weg. Des hat mich total irritiert. Furchtbar! Kann'sch dir des vorstelle, Biggi?

Den Chirurg wollt sie verklage. Auf Schadensersatz, hat se g'schimpft. Sie hätt schon einen Rechtsanwalt ei'gschaltet. Der sei auf solche Behandlungsfehler in der plastischen Schönheitschirurgie spezialisiert. Gege die betreffende Klinik läge schon etliche Klage vor.

Jesses, hat mich die Frau plötzlich gedauert! Ich wollt sie tröschte. Frau Liebknecht, hab ich g'sagt, die Operation isch doch noch frisch. Des dehnt sich mit der Zeit. Kann sei, der Operateur hat e bissl zu viel des Guten getan. Aber die Richtung stimmt! Was nützt Ihne eine materielle Entschädigung? Außerdem, wer Sie vorher net gekannt hat, dem fallt des doch überhaupt net uff! Ich hab's gut g'meint, Biggi.

Zieht die mit einem Ruck des arme Hundle weiter! Als könnt des Tierle was dafür, dass sie so aussieht! Ich sag dir was. Hätt die sich rechtzeitig von ihrem Mann getrennt, dem Kotzbrocke, dann hätt die sich diese Operation spare könne! Des hab ich ihr nur net sage wolle. So gut kenne mer uns net. Was macht denn die so lang in ihrem Auto rum?

Übrigens. Weil mer grad bei Kosmetik sin. Des Birkenstock-Depot hat der Spengler nimme. Die Zeit isch rum. Neuerdings macht er den Regionalvertrieb von so neumodische Gesundhaitsschuh aus Amerika. Angeblich von de Indianer abgeguckt. So gurkeförmige Schlappe aus Hirschleder. Ab und zu kommt ein Kleinbus mit Kaufinteressente. Zu einer Präsentation. Sie gehe uff des Spielplätzle gegenüber. Mit dem Pirateschiff. Der Spengler marschiert vorneweg. Die annere im Gänsemarsch hinnerher. Alle mit federndem Gang, so übertriebe aus de Knie raus. Ich hab des zufällig mol g'seh. Du lach'sch dich krank, Biggi! Wie ein Indianerstamm, der sich auf dem Kriegspfad vor Angscht in d'Hos g'schisse hat! Guck, so laufe die! Aber original!

Ha'sch den Reklame-Flyer noch net im Briefkaschte g'habt? – Net? Wart mol. Wie haißt der Werbeslogan? Ich hab's! ›Beim Gehen einfach so – feste Schenkel, knackiger Po!‹ So ähnlich.

Die Dinger sin sauteuer! Aber des G'schäft geht gut. Die liege voll im Trend von diesem Schönheits- und Fitnesswahn, Bauerefängerei! Mache mer uns nix vor, Biggi. Was mol hängt, des hängt!

Du wollt'sch die ganze Zeit was sage. – Was? Sag bloß! Des sin ... sin des die Schuh? Aus'm Internet? Also, an deinem Fuß sehe die garnet schlecht aus! Sportlich. Bringe die wirklich was von wege Muskeltraining? – Tatsächlich? Muskelkater schon nach'm erschte Tag? Mensch, des wär direkt was für mich! Ich hab doch so Malheur mit'm Kreuz. So lang, wie mir jetzt do sitze, hätt ich net steh könne.

Endlich! Die Liebknecht isch drin mit ihrem runderneuerte G'sicht. Moment, ich bring noch unsere Tasse weg. – Die Fläschle? Schmeiß die grad in den Papierkorb. Weg mit! War eine gute Idee mit dene Piccolo, gell?

Ach ja, Schicksale gibt's! Wenn mer des hört, derf mer sich net beklage. Wenn mer überall nei'gucke könnt! Gut, dass mer net alles waiß! Wenn ich an die Gudrun denk! Schlimm!

Des wai'sch doch mit der Gudrun? – Die aus deiner Nachbarschaft schräg gegenüber. Die Gudrun Wagner! – Ja. Mit dem japanische Vorgärtle. Nur Kies, Felsbrocke und so verkrüppelte Bonsai-Bäumle drin. Dass die jo net mähe muss. Also, von Schaffhause war die nie. Aber isch des net furchtbar? Die zwai klaine Kinner, ein netter Mann. – Nai, g'storbe net! Noch net. Aber wenn du des mit der net wai'sch, will ich net drüber rede! Des isch dermaße persönlich. Wenn du sowas hätt'sch, wollt'sch a net, dass des rumverzählt wird. Wer gegackert hat, muss a lege! Doch, ich kenn den Spruch. Also, pass uff!

Die spürt beim Jogging ein Ziehe in der Bruscht. Links, glaub ich. Geht zu ihrem Frauearzt, dem Dr. Gebhardt. Der entdeckt en Knote, so groß wie eine Walnuss. Net ganz. Aber wie so e Cocktail-Tomätle. Guck, so in etwa! Die hab ich zufällig grad gekauft.

Die ärztliche Schweigepflicht? Klar, die gibt's! Von dem Gebhardt hab ich des net. Der lasst nix raus. Aber der hat Praxispersonal! Die sollte natürlich nix rumschwätze. Vier Fraue hat der beschäftigt. Arzthelferinne, die Tussi vom Labor, die Sekretärin am Empfang. Übrigens eine von meine Kegelschwestere. Wie soll denn des mit der Schweigepflicht funktioniere? Do kann der Dr. Gebhardt noch so verschwiege sei! Die Fraue sehe des halt lockerer. Vor allem, wenn du eine privat näher kenn'sch.

Net in Ordnung? Natürlich net! Aber menschlich verständlich. Die sage dir von sich aus nix. Du brauch'sch einen Anfangsverdacht. Nur eine Vermutung, versteh'sch? Dann frog'sch entsprechend gezielt. An ihre G'sichter sieht mer schon, was die aigentlich net sage dürfte. Treffer! Bingo! So lauft des doch ab. Wenn mer dann bei'me Gläsle Wein so g'mütlich in netter Runde beisammesitzt, packe die aus. Scheiblesweis. Salami-Taktik. Aber zum Schluss wai'sch mehr, als du wisse wollt'sch.

Bei der Gudrun hab ich nur der ... ich nenn kein Name. Ich hab der nur beiläufig g'sagt: Also, die Wagner Gudrun g'fallt mir net. Die lauft rum, als hätt mer ihr de Stecker rausgezoge. Die war doch immer so ein Energiebündel! Hoffentlich hat die nix Ernschtes! Dann hat mir die Sowieso des mit dem Knote verzählt. Wie g'sagt, scheiblesweis.

Wie des weitergeht? Jetzt haißt's abwarte! Eine Gewebeprobe hätt der Gebhardt an die Zystologie g'schickt. Oder Pathologie. – Ja, Histologie! So hat se, glaub ich, g'sagt. Halt an die Stell, wo die des Zeug unnersuche. Ich drück ihr die Daume. Dass der Befund positiv isch. – Ja, negativ, des wollt ich doch sage! Halt gut für sie. Schon wege de Kinner. Des Mädle kommt nächschtes Jahr in d'Schul. Mit unserm Hänsle. Ihr Büble, der Max, isch grad sauber. Ohne Windle. Er däd sage, wenn er en Haufe mache muss. Manchmol halt zu spät. Des hat mir die Gudrun verzählt. Noch net so lang her. Ihren Speicher wollte se ausbaue, Platz schaffe. Jetzt der Knote! Wie haißt's? Der Mensch denkt, Gott lenkt!

Am Donnerschtag habe mer widder Kegle. Bis dahin müsst des Ergebnis vom Labor beim Gebhardt sei. Dann waiß ich mehr.

So, jetzt packe mer's aber! Mein Siggi däd sage: Wir stoßen auf und brechen ins Horn! Er fehlt mir schon e bissl. Ich vermiss halt die Ansprach. Obwohl er net viel schwätzt. – Was? Beinah vergesse? Doch noch einen Termin heut? – Waschmaschin kaputt? Wann kommt denn der Miele-Service? – Um 14 Uhr? Des langt dick! Brauch'sch net pressiere. Langsam, wart doch! Bis zu de Schranke geh ich mit!

Von dir ha'sch jetzt garnet viel verzählt. Wie lang isch dein Wolfgang jetzt schon in dem Abu Dhabi? – Vier Monat? Eine lange Zeit! Was mache die dort genau? – Meerwasser-Entsalzungsanlagen? Aha. Dass die Araber dusche könne. Also, vom Schaffe schwitze die bestimmt net.

Aber sag mol, wenn des so lang geht: Dem Wolfgang als Ingenieur müsste doch Heimaturlaub zustehe! Oder? – Doch, gell! Warum nemmt er den net in Anspruch? – Er will am Stück durchziehe, dann isch's rum, maint er? Versteh ich irgendwie. Wenn mer mol dehaim isch, will mer nimme fort! Und du, Biggi, komm'sch du mit der lange Trennung klar? Warum sag'sch nix?

Bleib mol en Moment steh, Biggi! Doch, bitte! Es isch wichtig! Herrgott, warum kippt denn die Tasch immer um? Net dass mir des Rapsöl auslauft! Die Pizza, ein Matsch!

Horch, ich wollt's dir aigentlich net sage. Aber jetzt muss es doch raus! Weil ich net will, dass hinner dei'm Rücke g'schwätzt wird und du wai'sch von nix! Folgendes, pass uff!

Die Frau Sowieso, ich sag net wer, aber du kenn'sch die. Also, die hat mir gegenüber steif und fescht behauptet, sie hätte deinen Wolfgang kürzlich g'sehe! Am verkaufsoffene Sonntag in Kandel drübe. In einer Boutique mit so billige Fähnle, hat se g'sagt. ›Young Fashion‹ oder so. Vor einer Umkleidekabin hätt er g'wartet, der Wolfgang. Des kann net sei, hab ich zu ihr g'sagt. Vielleicht ein Doppelgänger! Du, die hat richtig zornig reagiert. Ein Doppelgänger? Ich kenn doch den Wolfgang! Also bitte! Ich hab noch g'sagt, es gäb so verblüffende Ähnlichkeiten. Aber soweit ich wüsst, sei der Wolfgang auf Montage in einem Scheichtum. Irgendwo in ... Sie hat mich unnerbroche. Ja, in Abu Dhabi! Des hat mir ihr sogenannter Doppelgänger g'sagt! Seit sechs Woche sei er widder im Land. Er sei in die Pfalz gezoge. Geschäftsbedingt. Sie hätt gern länger g'schwätzt. Mehr erfahre, hat se g'sagt. Aber durch des Kabinevorhängle sei eine Frau auf ihn zukomme. Wesentlich jünger als er. Im erschte Moment sei sie beinah verschrocke. Sie hätt sich verdattert verabschiedet. Frau Nägele, hat se g'sagt, ich hab doch geglaubt, seine Brigitte sei dort drin! Die Biggi! Jetzt war die am Schimpfe uff die Männer! Mit fuffzich wollte die plötzlich nochmol de große Zampano spiele! So ein junges Huhn bräucht nur mit ihrem Ärschle wackle, schon ...

Biggi, heul'sch du jetzt? Komm, bitte net! Horch, warum ha'sch mir denn des mit dem Wolfgang net verzählt? Mit mir kann'sch doch über alles rede, des wai'sch doch! Ich trag doch nix rum! Außerdem hätt ich des sowieso erfahre. Des pfeife d'Spatze schon von de Dächer, dass der Wolfgang bei dir ausgezoge isch! – Was? Ich versteh kein Wort! Jesus, heul doch net so! D'Leut glotze schon! Da, nemm des Tempo! Net benutzt. Die Träne isch der garnet wert.

Die Frau Jeschke ... jetzt isch's raus, von wem ich des hab. Die gondelt mit der Stadtbahn in der ganze Region rum. Auch nach Kandel. Mit ihrer Runzelkart ab sechzig. Sie hat g'sagt, der Wolfgang hätt schlecht ausg'sehe. Dunkle Augering. Übernächtigt irgendwie. Und die Frau? Lieber Gott, wie halt so junge Dinger aussehe! Hübsches Frätzle, so ein Puppeg'sichtle. Sie hätt sich g'frogt, was der Wolfgang mit so'me junge Hopfer a'fange soll. Ach Gott, brauch'sch noch so e Tüchle? Hier, ich hab e ganzes Päckle. – Recht so! Ordentlich durchputze!

Der kommt schon widder zurück, Biggi. Wie sagt mer? Es kommt selte was Besseres nach! Männer brauche als e bissl länger, bis die des merke. Also komm mol her! Lass dich in de Arm nemme!

Was mach'sch denn? Spring doch net fort! Biggi! Halt!

Rennt die mir ai'fach weg! Hab ich denn was Falsches g'sagt? Am beschte, mer halt sei Maul. – Ah, Frau Schwerdtle! Bissl was ei'kaufe? Was mer so jeden Tag braucht, gell! – Ja, des hab ich g'hört. Aber was isch denn do voraus'gange? – Moment, ich stell g'schwind mei Täschle ab.

Sag bloß!

Des g'fallt mir net
es isch so still
in sei'm Zimmer
normal hört mer doch immer
des elektronische Geballer
von dem Playstation-Ding
von seiner Spielekonsol

könnt'sch du net mol
nach ihm gucke geh
was treibt er denn?
was isch mit'm los?

was – der lest ein Buch?
sag bloß!
des muss ich selber seh.

Der Honig isch g'schleckt

Sie bleibe beim Spazieregeh
nimme so wie früher oft
bis zur Gehbehinderung umschlunge
wenn sie's grad überkommt
alle paar Meter steh
um sich tief in d'Auge zu gucke
sogar mit ihre Zunge zu spüre
dass sie für immer z'ammeg'höre
sich in der Welt nie mehr verliere
sie hauche sich im Mondschein
im Stadtpark auf einer Bank
kaine süße Wörtle mehr ins Ohr

so schöne Pause beim Spazieregeh
komme so gut wie nimme vor
des isch lang her
schade – oder Gott sei Dank
weil die Überdosis Glück
auf die Dauer sowieso
net auszuhalte wär

der Vollmond hat abg'nomme
der Honig isch g'schleckt
es bleibt nur ein Wein
von dem mer halt sagt
dass er ehrlich schmeckt

sie komme beim Spazieregeh
jetzt zügig voran
auf Abstand luftig und bequem
die Ärm zum Schlenkere frei
im Sommer besonders angenehm
ohne verliebte Schwitzerei
sie gehe nur noch selte
paar Schrittle Hand in Hand
wenn er sie von'me Schuhlade wegziehe muss
oder sie ihn von einem Weinprobier-Stand

ein Traumpaar – des net
nur ein entspanntes Wir

mit niemand könnt er beim Spazieregeh
stundelang
so schön nix schwätze
wie mit ihr.

Ein Macho – ich?

Verzählt mir die Frau
jetzt überall rum
ich sei im Grund
ein Macho g'wese

sie hätt sich net entfalte könne
sei nebe mir beinah verstickt
ich hätt sie mit meinem Ego
ganz subtil unterdrückt
so Zeug!

ich hätt sogar versucht – wörtlich
ihren Willen zu brechen!

wenn ich sowas hör!
des war reine Notwehr
was hätt ich denn mache solle?

manche Fraue
brecht mer schon de Wille
wenn mer net macht
was die wolle!

sie war genau von der Sort
aber von mir
hör'sch du kein böses Wort
über meine Ex
die elende Hex!

Leut gibt's!

Stimmt wie abgezählt! Danke sehr. Schön's Wocheend. So, wer kommt?

100 Gramm von dieser getrüffelten Kalbsleberwurst im Golddarm. Die isst mein Mann so gerne zum Früh...

Moment! So geht's net! Sie kriege Ihr Kalbsleberwurscht. Mit Trüffel. Sogar im Golddarm. Wenn des Ihr Mann so gern esst. Aber dann, wenn Sie dra sin! Net vordränge, gell! Hinne a'stelle!

Also bitte, ich war vor Ihnen! 100 Gramm ...

Des End von der Schlang isch dort! Warteschlange nennt mer sowas. Die wachst am Schwanz, net am Kopf.

Unverschämtheit! Ihre dummen Belehrungen muss ich mir nicht anhören!

Müsse Sie net. Wenn Sie sich hinne a'stelle, wie sich des g'hört. Je früher, umso schneller sin Se dra.

Ich denke nicht daran! Hören Sie, ich ...

Gucke Se, schon widder drei Neuzugäng am Schwanzend! Die komme nachher alle vor Ihne. Also, vite, vite, Madame!

Hören Sie, ich stehe hier seit geraumer Zeit.

Seit zehn Sekunde oder so? – Hat jemand die Frau, die Dame, seit geraumer Zeit vor mir in der Schlang steh g'seh? Mit dem Hut müsst die uffg'falle sei. – Niemand? Also!

Frechheit! Ich lass mich von Ihnen hier nicht vorführen, Sie ungehobelter Mensch! Sie Prolet!

Wenn schon, dann Proletarier bitte! Ich steh zu meiner Herkunft.

Die könnten Sie auch nicht leugnen.

Aber Anstand hab ich wenigschtens g'lernt. Ich waiß, was sich g'hört. Sie scheint's net. Traurig in Ihrem Alter.

Jetzt ist es aber genug! Was erlauben Sie sich?

Ha, so isch's doch! Schon de Kinner bringt mer bei, dass se sich an eine gewisse Ordnung halte müsse. Dass se zum Beispiel warte müsse, bis se dra sin!

Herrschafte, bitte! Ich muss weitermache! Also, wer kommt jetzt?

100 Gramm getrüffelte ...

Stopp! Nach mir! Wenn Sie sich schon vordränge, dann hinner mir. Falls Sie jemand nei'schlupfe lasst, bitte. Ein Dummer find sich immer. Aber ich bin des net!

Um Gotts wille, Leut! Sie halte mir den ganze Betrieb uff! Wer jetzt? Was jetzt?

Acht durchwachsene Schweinekamm-Steaks. Grillfertig. Ach was, zehn! Die komme weg. Die kann mer doch eventuell ei'friere?

Ja klar, kein Problem. – Entschuldigung, die Dame! Moment!

Ich räume das Feld. Der Klügere gibt nach. So ein rüpelhaftes Benehmen verschlägt mir die Sprache.

Des macht nix! – Vier Käseknacker, Herr Olbrecht. Die were immer gern g'esse. So, was noch? Vielleicht Bauchlappe.

Bitte, die Dame! Bleiben Sie doch. Bin sofort für Sie da.

Ach, lassen Sie diesen Menschen meinetwegen vor. Zum Glück gibt es andere Fleischerei-Stände auf dem Markt.

Sie könne mich net vorlasse! Weil ich schon vorne war!

Herr Ströbele, jetzt isch aber gut mit dem Gehändel! Was isch denn heut los? Des schwüle Wetter macht jedem zu schaffe. Mir auch. Aber mer kann sich doch e bissl ...

Mir net. Ideal zum Grille. Es kommt noch was dazu. Zu wievielt sin mer denn? Moment, wo hab ich mein Zettel?

Herrgott, wo klemmt's denn do vorne? Die Schlang geht schon bis zum Kässtand!

Also, lang kann ich nimme steh! Neues Hüftg'lenk. Rechts. Vor drei Woche operiert. Links steht mir noch bevor.

Ich hab Malheur mit'm Rücke. Bandscheibevorfall. Sie, des sin Schmerze! Die wünsch ich niemand. – Doch, dem do vorne! Was kramt er denn jetzt in seiner Kitteltasch rum?

Also, der Olbrecht hat schon eine Eselsgeduld.

Aber die Frau weicht a net. Jetzt will ich doch wisse, wie des ausgeht.

Leut gibt's!

Hier! Ich hab doch g'wüsst, dass ich den Zettel ei'gsteckt hab! Fünf, sage mer sechs von dene Bauchlappe. Auf Alufolie, schön knuschprig. Ein Gedicht! Derf ich mol gucke, wie die aussehe? Durchwachse?

Au! Sind Sie wahnsinnig? Passen Sie doch auf, wo Sie hintreten!

Hoppla! War des Ihr Fuß? Entschuldigung, ich hab hinne keine Auge.

Herrjeh, meine Zehen!

Habe Sie vorhin net g'sagt: ›Ich räum das Feld‹?

Mag sein. Ich war auch im Begriff. Aber …

Deshalb hab ich gedenkt, Sie seie schon weg. Sie hätten schon das Feld geräumt. Sich vom Acker gemacht.

Wie bitte? Was haben Sie ›gedenkt‹?

Ich sag's mol so: Ich wähnte Sie bereits gegangen. Kommt des rüber?

Ach, hören Sie doch auf! Meine Zehen!

Entschuldigung, Hergottnochmol! Des wollt ich net. Ich hab Sie doch net g'sehe!

Sie müssen sich nicht entschuldigen. Es wäre mir lieber, wenn Sie mich einfach ignorieren.

Habe Se's g'hört, Herr Olbrecht? – Noch vier Zigeunerspießle.

Mein Gott, die Zehen werden blau! Ein Jammer! Erst gestern war ich bei der Pediküre.

Oh, Pediküre! Sie habe Recht. In Ihrem Alter muss mer sich pflege.

Ich nehme das Wort ungern in den Mund. Aber wissen Sie, was Sie sind für mich? – Ein Kotzbrocken!

Au, vorsichtig! Passe Se uff, was Se sage! Des könnt teuer were! Hat des jemand g'hört? Kann des wer bezeuge? Das hat ein Nachspiel!

Von mir aus! Aber net jetzt! Ich will noch mein Rase mähe! Samstag!

Herr Olbrecht, gebe Se doch der Frau g'schwind ihren Zipfel Leberwurscht! Dass der Zirkus uff'hört!

Genau! Net lang rummache! Dass es endlich weitergeht. Wege dem Mäule Leberwurscht!

Des isch doch lächerlich!

Halte Sie sich raus! Es geht ums Prinzip!

Ums Prinzip! Typisch deutsch! Mein Gott!

Ja, ums Prinzip! Höre Sie zu! Ob jemand e Rädle Lyoner oder e halbe Sau kaufe will, spielt kai Roll!

Ja, Herr Ströbele! Mir wisse's! Aber ich will net ewig warte!

In einer Schlang wird sich a'gstellt! Ordnung muss sei! Wo käme mer den hie, wenn jeder grad mache könnt, was er wollt!

Dann gäb's keine Schlange vor de Stände. Ein Chaos! Aber des wär mir im Moment lieber. Auf, weiter geht's, Herr Olbrecht!

Die Dame, bitte. Kriege Sie nur die Kalbsleberwurscht?

Ja. Für meinen Mann. Ich ernähre mich vegetarisch.

Des a noch! Drübe am Körnerstand gibt's Tofu-Brotaufstrich. Schmeckt beinah wie Leberwurscht. Des merkt Ihr Mann garnet. Gucke Se, dort, wo am Lieferwage ›Saat-Gut, kontrolliert biologisch‹ steht. Dort müsse Se sich net vordränge.

So, Herr Ströbele, jetzt langt's! Verzeihung, die Dame. Wenn Sie bitte e paar Schrittle zur Seit gehe könnte. Vor meiner Kass weg. Ich muss weiterbediene. Kläre Sie des unner sich.

In Ordnung, Herr Olbrecht. Wie g'sagt, mir geht's ums Prinzip. Ich hab Zeit. Aber lege Sie mir mei Grillgut weg. Reserviert für mich.

Mach ich, Herr Ströbele. Ich schieb's zur Seit. Knips nachher en Zettel dra.

Also, Leut, die ordnungsgemäß in der Schlang durchg'wartet habe, lass ich gern vorübergehend vor. – Bitte, gehe Sie ruhig vor.

Oh, vielen Dank. Sehr freundlich.

Was kriege mer denn heut, Herr Wagner? Was für de Grill? Kein Wunder bei dem Wetter. Ich hätt hier wunderbare Steaks vom Schweinekamm. Mariniert und gewürzt.

Gut, gebe Se mir drei. Noch zwei Pärle Käseknacker. Meine Enkel sin ganz verrückt auf die Dinger.

Wär's des für heut? Macht genau 20 Euro. Bissl drückend heut. Als ob noch was käm. Hoffentlich hebt's. Ich drück Ihne die Daume. – Frau Wellenreuter, ein Tafelspitz, wie immer? Hier, des Stück hab ich extra für Sie zurückg'legt. Butterzart. Braucht mer net kaue. Des vergeht uff de Zung. Vom Rimmelsbacher Rind. Wie geht's Ihrem Mann? – Net so gut? Ein Gruß und gute Besserung.

Danke, Herr Olbrecht. Ich richt's aus.

Macht 12 Euro 13 Cent. Sage mer 12. Fertig ab! Wer kommt?

Also, des muss mer sage. Der kann's mit der Kundschaft.

Vor allem hat er gute Ware. Do wai'sch, was du krieg'sch. Der kennt die Erzeuger.

Jesses, gucke Se mol dort! Der lasst net locker! Die Frau wär beinah über die Deichsel g'stolpert. So ein Streithammel!

Leut gibt's! Do brauch'sch net ins Theater.

Kaufen Sie Ihre Fleischberge! Aber lassen Sie von mir ab! Diese ganz und gar unwürdige Szene ist mir peinlich!

Des versteh ich. An Ihrer Stell wär mir des a peinlich!

Am liebsten würde ich mich in Luft auflösen!

Des könnt Ihne so passe! Sich erscht vordränge, dann verschwinde!

Noch einmal zum Mitschreiben: Ich war vor Ihnen da. Ich habe geduldig in der Schlange gewartet. Mag ja sein, Sie haben mich da übersehen.

Was? Mit dem Hut? Sin grad Iffezheimer Rennwoche?

Meine Kopfbedeckung geht Sie nichts an! Muss Ihnen nicht gefallen!

Aber uff'm Markt fallt so ein Wagerad halt uff! So lauft net jede rum.

Es war nicht meine Absicht aufzufallen.

Darum geht's net. Ehrlich, mir g'fallt der Deckel. Also Entschuldigung, Ihr Hut. Die Kirschezweigle vorne.

Nehmen Sie bitte Ihre Finger weg!

Doch, der hat was! Die Bänder. Wisse Sie, an was mich des erinnert?

Nein! Das interessiert mich auch nicht!

An ein Gedicht. Des hab ich in der Schul auswendig lerne müsse. Wie war des? – ›Frühling lässt sein blaues Band wieder flattern durch die Luft‹.

Na ja, so ähnlich. Es heißt allerdings ›die Lüfte‹. Aber dass Sie Mörike kennen, hätte ich nicht erwartet. Das überrascht mich.

Gell widder! Do gucke Se! Auch ein Prolet schnappt mol was uff. Nur Mörike sagt mir net viel.

Ein Dichter der Romantik. Ein Schwabe.

Trotzdem, net schlecht. Also, der Hut steht Ihne. Ehrlich.

Ich lege keinen Wert auf Ihre Komplimente.

Aber deshalb könne Sie sich net an der Schlang entlang vorschleiche! Nach dem Motto: Wo könnt ich elegant nei'schlupfe?

Das ist eine böswillige Unterstellung! Das habe ich nicht gemacht!

Doch, doch, doch! Ich hab genau beobachtet, wie Sie sich vorne ei'fädle wollte. So ganz diskret. Mache Sie des beim Autofahre genauso?

Ich hab keinen Führerschein.

Gott sei Dank! Die Sort kann ich nämlich leide!

Gehen Sie mir aus dem Weg! Das grenzt an Nötigung!

Nötigung? Wer nötigt hier wen? Hätte Sie sich vorhin ordnungsgemäß verhalte, wär ich jetzt nicht genötigt, mit Ihne zu diskutiere!

Stellen Sie die Dinge nicht auf den Kopf! Ich möchte jetzt gehen!

Gleich! Nur noch ein Tipp für Sie.

Da bin ich aber gespannt.

Im Rathaus beim Ordnungsamt gibt's neuerdings einen Ausweis. Den sollte Se sich besorge.

Ich verstehe nicht. Was für einen Ausweis? Was reden Sie da?

Einen amtlichen Ausweis mit biometrischem Passbild. ›Auf Verlangen vorzeigen.‹

Und? Wozu sollte dieses amtliche Papier berechtigen?

Zur bevorzugten Abfertigung an sämtliche Marktständ. Sie müsse nimme warte. An der Schlang vormarschiere, Ausweis raus, zahle. Fertig!

Wissen Sie, was Sie sind? Ein boshafter Mensch!

Bitte, des steht im Amtsblatt. Den Ausweis kriegt natürlich net Hinz und Kunz. Nur die VIPs halt. Mit dem Hut hätte Sie gute Chance.

Gehen Sie mir aus dem Weg! Sofort!
Lieber Gott, verstehe Sie kain Spaß?
Nicht auf meine Kosten! Bitte, Sie haben die Lacher auf Ihrer Seite. Sind Sie jetzt zufrieden? Ich gehe!

Moment, die Dame! Hier, Ihre Kalbsleberwurscht! War schon ei'gepackt nebe de Kass. Für Ihren Mann, Ihren Gatten. Zum Frühstück.
Das ist aber nett. Sehr aufmerksam. Was bekommen Sie?
Lasse Se Ihr Handtäschle zu. Die schenk ich Ihne heut. Als Troschtpfläschterle für des G'sprattl.
Wie bitte? Für was? – Gesprattel?
Als Entschädigung für Ihre Unannehmlichkeiten, wollt er sage.
Ah ja. Ich bedanke mich. Reizend. Ausgesprochen kulant.
Kulant, wenn ich sowas hör! Herr Olbrecht, lebe Sie als Metzger von vegetarische Fraue, die ihre Männer ab und zu e Messerspitzle Leberwurscht gönne?
Oh, Herr Ströbele, es isch doch jetzt gut!
Frechheit siegt! Bitte, die hat, was se wollt. Sogar g'schenkt!
Guten Tag, Herr Machauer. Sie wolle Ihr Päckle abhole, gell? Gut, dass Sie vorbestellt habe. Bin beim Grillgut ziemlich ausverkauft. Bei dem Wetter. Dann noch Fußball.
Moment, Herr Olbrecht! Gebe Se mir grad g'schwind zwischedurch meine Sache. Dann sin Sie mich los.
Was soll des? Sie könne sich doch net ai'fach vordränge!
Höre Sie zu, ich war doch schon vorne. Ich war nur kurz weg. Des kann Ihne hier jeder bestätige. Oder?
Des isch mir doch egal! In einer Warteschlang gibt's keine reservierte Plätz! Wer rausgeht, kommt nimme dort nei, wo er war!
Mensch, ich will doch nur was abhole! Des geht schnell.

Ich hol auch nur was ab! Wer zuerscht kommt, mahlt zuerscht! Des isch prinzipiell so!
So ein sturer Bock, ein sturer!
Des hab ich überhört. Des Grillgut für Machauer, bitte!
Wo isch denn die Guck? – Hier! Mit dem Zettel ›Für Machauer‹. Des macht genau 34 Euro.
Ach so, dann hätt ich noch gern von Ihrem mediterranen Wurschtsalat. Mit Olive und Rosmarin. Grad e mittleres Becherle.
Der isch gut, gell? Eine Idee von meiner Frau. Der geht weg wie nix.
Ja, deshalb isch die Schüssel noch halb voll! Mich schüttelt's direkt, wenn ich sowas hör! Des sin doch Fürz!
Recht so, Herr Machauer? Ich kipp Ihne noch e bissl Brüh dezu. Natürlich nach'm Wiege.
Brüh, viel Brüh! Aber jo net mitberechne! Wie bei de Schwobe!
Herrgott, ich hab Ihre laufende Kommentare jetzt satt! Stehe Se mir net dauernd vor de Nas rum! Schon mol was von Diskretionsabstand g'hört?
Am Bankschalter, ja! Aber net beim Metzger!
Nochmol! Wenn Sie was wolle, hinne a'stelle!
Herr Ströbele, des brauche Sie nimme.
Na also! Es gibt doch noch sowas wie en g'sunde Menscheverstand. Danke, Herr Olbrecht. Her mit dem Zeug. Was macht des?
Nix! Es tut mir leid, Herr Ströbele. Grillgut reschtlos ausverkauft.
Was? Sage Se des nochmol, Herr Olbrecht! Des glaub ich jetzt net!
Lieber Gott, Grillsaison! Alles brutzelt in de Gärte rum.
Aber Sie habe meine Bestellung vorhin für mich wegg'legt!

Weggelegt, ja. Aber net zurückgelegt. In einer Guck mit Namenszettel. In der Hektik heut hab ich des verkauft. Aus Versehe. Wie g'sagt, es tut mir laid. Aber jetzt isch's halt fort.

Ja toll! Ich hab zum Sonntag acht Leut zum Grille ei'glade! Sie brauche nix mitbringe, hab ich g'sagt. Nur gute Laune. Ich besorg alles.

So, Herr Machauer, macht mit dem mediterranen Wurschtsalat 39 Euro und 40 Cent. Schönes Wocheend. – Leut, bitte nicht mehr anstellen! Alles ziemlich ausverkauft. In zehn Minute muss ich zumache!

Ja, was jetzt? Soll ich meine Gäscht sage, sie könne ihre Gläser uff'm Grill abstelle?

Menschenskind, Herr Ströbele! Was müsse Sie mit dieser Frau ewig lang rumhändle wege 100 Gramm Leberwurscht!

Ach so? Jetzt bin ich schuld, dass Sie hinner mei'm Rücke mein bestelltes Grillgut verscherble?

Des net! Aber Sie sehe doch, was los isch! Ich muss heut alles selber mache. Mei Frau liegt im Bett. Die hat's am Mage.

Ja, wahrscheinlich hat Se von Ihrem mediterrane Wurschtsalat probiert.

Ich kann Ihren Fruscht versteh, Herr Ströbele. Aber deshalb müsse Sie jetzt net geschäftsschädigend rumschreie!

Geht des schon widder los do vorne? Dann gibt's halt mol nix zu esse! Wenn nur getrunke wird, des gibt eine Bombestimmung!

Au, halte Se sich lieber raus. Net dass er Sie ins Visier nemmt.

Ich guck schon die ganze Zeit zu. Drübe am Kuchestand von der Caritas. Im Schatte von dem Zeltdach. Ich hab mir de Kittel hinne mit Schwarzwälder Kirschtort versaut.

Ha ja, wer will denn bei der Hitz Kuche esse? Des verkauft sich doch net. Die hätte besser kaltes Bier vom Fass ausg'schenkt.

Genau! Des ging! Aber gucke Se doch mol rüber. Einen mordsmäßige Zuspruch an dem Caritas-Stand. Alles neugierige Zuschauer, die mit ihre Klamotte hinne Sahnetorte rumschiebe.

Jetzt geht er, der Ströbele. – Halt, er kommt zurück! Was will er denn jetzt noch?

Wenn ich nur besser stehe könnt. Zum erschte Mol ohne Krücke.

Wo habe Sie die Operation mache lasse?

Im ›Herz Jesu‹.

Oh jeh, do hab ich nix Gut's g'hört. – So ein Streithammel, dieser Ströbele! Choleriker. Dann noch die Schwüle.

Ich bin net nachtragend, Herr Olbrecht, aber das merk ich mir! Ich war jahrelang Stammkunde bei Ihne. Und kein schlechter!

Ja, des waiß ich zu schätze, Herr Ströbele. Ich hab Ihne g'sagt, dass mir des laid tut, aber ich kann's nimme ändere.

In Zukunft kauf ich mein Fleisch im Hoflade vom Mühlbauer!

So, s'isch e bissl mehr. Macht's was? 4 Euro 7 Cent. Sage mer 4. Schönes Wocheend.

Un nur, dass Sie's wisse! Beim Sommerfescht von unserm Brieftaube-Verein ›Heimatliebe‹ liefert unser Grillgut ab jetzt auch der Mühlbauer! Bei unserer nächschte Sitzung setz ich des durch!

Herrgottsack, mei Parkuhr lauft ab, Mensch!

Ihr Problem! Dann schmeißt mer halt g'nug nei! Oder kommt zu Fuß, wie ich!

Ich wohn im Höhenstadtteil Schlonzbach, du Witzbold!

Sie, bitte! Schlonzbach, des hätt ich mir denke könne. Schöne Gegend, nur am Arsch der Welt! Aber eine Busverbindung mit der Zivilisation gibt's schon, oder net?

Jetzt langt's mir! Höre Sie mol zu do vorne!

Was? Maine Sie mich?

Wen denn sonscht? Im Supermarkt kriege Sie noch jede Menge Zeug zum Grille. Zentnerweis! Sonderangebote, alles! Bis 20 Uhr!

Genau! Dort könne Sie sogar Treuepunkte sammle. Sie müsse vor allem net rumhändle, wer drakommt! Fünf Meter vor der Kass geht's in den Pferch, in die Kassenzeile. Kein Vor, kein Zurück mehr! Kein Gerangel um die Pole-Position! Geregelter Gänsemarsch!

Also, der hört sich aber a gern schwätze – horch!

Zeug uff's Band. Hölzle vorne, Hölzle hinne. Dass alles sei Ordnung hat. Sich in Ruh vorwärtswarte, bis der Scanner piepst. Eine ideale Warteschlang! Ein friedliches Stop-and-go!

Jetzt trollt er sich, der Ströbele. Aber wie! Von wege friedlich! Im Supermarkt wollt ich dem net begegne.

Dem braucht nur jemand versehentlich mit dem Ei'kaufskärrele gege die Achillessehn stoße.

Oder der macht des selber bei jemand. Halb aus Versehe. Nur e bissl mit Absicht. So wie der druff isch!

Mein lieber Mann, wenn'd uff de Markt geh'sch, brauch'sch net ins Theater.

Do habe Sie Recht. Grad an so'me Tag wie heut. Unser Klima in der Rheinebene. Seit Tagen kommt immer beinah e G'witter. Des isch pures Gift für Choleriker.

Also, ich bewunder den Olbrecht. Wie der so freundlich bleibt. Der hat die Ruhe weg. Aber jetzt isch er doch e bissl angezählt.

Na ja, nach uns kann er z'ammepacke. Brauche Sie viel?

Ach woher. Nur e Scheib Leberkäs. Grille isch nimme mei Sach. Wege de Zähn halt.

Verzähle Se mir nix! Ich kenn des Problem. Schwartemage hat er noch. Der isch bei ihm einmalig.

Gute Morge, Herr Olbrecht! Mache Sie schon Feierobend?

Was? Schon? Habe Sie mol uff d'Uhr geguckt?

Ach Gott, schon so viel Uhr? Ich war ganz in Gedanke. Bin heut doch e bissl spät dra, gell?

Heut? – Lasse Se doch als en Korb runner! Zettel drin, was Se brauche. Geldbeutel. Ich richt Ihne alles. Rausgeld mit Beleg. Des Körble hochziehe. Weiterschlofe. Olbrechts Langschläfer-Service!

Moment, so isch's net! Um zehn hab ich schon einen Termin mit meiner Verlagschefin g'habt. Die Besprechung hat sich bis vorhin gezoge.

Komisch, um die Zeit habe Sie an Ihrem Fenschter e Zigarett g'raucht.

Des kann sei. Aus Rücksicht. Die Frau vertragt den Rauch net.

Aha! Aber dass Sie im Schlofa'zug ware, hat die Dame net g'stört? Isch des Ihre Garderobe bei g'schäftliche Besprechunge?

Um Gottes wille! Natürlich net. Des muss vorher g'wese sei.

Verzähle Sie mir nix, Herr Kannegießer! Nachher ware Ihre Rollläde widder unne. Wege der Hitz. Bis vor zehn Minute! Habe Se sich mit der Dame im Dunkle unnerhalte?

Sage Se mol, Herr Olbrecht, kontrolliere Sie mich?

Ach was! Des geht mich nix a, was Sie treibe! Ich will's garnet wisse. Ich lass mich nur net gern für dumm verkaufe!

Was isch denn heut mit Ihne los, Herr Olbrecht?

Nix! Gehe Sie grad en Schritt zur Seit. Des Bistro-Tischle muss in den Anhänger.

Gern. Warte Se, ich helf Ihne, kein Problem.

Finger weg! Des mach ich selber. Ich weiß, wie des geht.

Muss alles gut verstaut sei, gell? Wie dem auch sei. Könnt ich trotzdem noch was kriege? Auf die Schnelle, Herr Olbrecht?

Nein! Ich bin ausverkauft, Herr Kannegießer. Heut nimme!

A net ganz g'schwind? Nur sechs Scheibe von Ihrem Wacholder-Schinke? Hauchdünn g'schnitte. Papierle dezwische. Des wär doch im Nu erledigt.

Ich hab mei Maschin schon geputzt! Dort beim Stand vom Mühlbauer stehe noch Leut. Bei dem kriege Sie noch was.

Aber net Ihren Wacholder-Schinke! Ich hab den schon so oft weiterempfohle.

Den Ständer stehe lasse! Den verräum ich selber!

Ach, jetzt hab ich mich so auf das Frühstück am Sonntag g'freut! Ihr Wacholder-Schinke macht direkt süchtig.

Dann müsse Se halt bis zum Mittwoch die Entzugserscheinunge aushalte!

Ihr letschtes Wort, Herr Olbrecht?

Ja! Weg! Platz mache! Ich muss an die Hängerkupplung!

Also gut. Eigentlich schön für Sie, dass Sie's nimme nötig habe.

Was? Was hab ich nimme nötig?

Na ja, dass Sie so pünktlich Feierobend mache könne.

Au, des hätt er jetzt net bringe dürfe!

Der Olbrecht hat schon e knallrote Birn.

Ich kann kaum noch stehe. Aber des wart ich jetzt noch ab.

Pünktlich Feierobend? Ausgerechnet von Ihne muss ich mir des net sage lasse! Sie wisse doch garnet, was Feierobend haißt! Um des zu wisse, müsst mer vorher g'schafft habe!

Jesses, Herr Olbrecht! Ich hab doch nur höflich g'frogt, ob ich noch ...

Ja! Hauchdünn g'schnitte. Papierle dezwische. Sonscht noch was? Vielleicht als Mitbringsel verpackt? Schlüpfle druff?

Mein Gott, weil Sie das sonst immer so schön mache.

Aber nimme um halb drei! Wisse Sie, seit wann ich uff de Füß bin?

Ja, ich kann's mir vorstelle.

Des könne Sie net! Wer schloft, hat kai Zeitg'fühl! Ich sag's Ihne trotzdem. Zehn Stunde lange net!

Oh je, verdammt lang.

Ja, oh je! Um vier im Lade. Kühlhaus. Wurschtküch. Ware richte. Alles ei'lade. Von Kandel rüberfahre.

Wenn Sie des so sage. Des war mir net so bewusst.

Um die Zeit habe Sie noch selig g'schlofe! Oder en Albtraum g'habt.

Albtraum? Wieso?

Vielleicht habe Sie geträumt, Sie müsste schaffe?

Bitte, Herr Olbrecht, Sie müsse jetzt aber net persönlich werde!

Des wollt ich net. Auch nicht meine Art. Aber seit acht Stunde schlag ich mich jetzt mit einer wetterfühlige Kundschaft rum!

Ja, es isch arg drückend. Die Leut sin komisch. Schwierig.

Es isch e bissl mehr, macht's was? Wenn ja, e Scheible Lyoner runner. Dünn schneide, bitte. Geht's noch eine Idee dünner? Mol gucke, ich probier's. Herrgottnochmol!

Ich glaub's Ihne. Des isch kai Honigschlecke.

Die Grillerei beim Fußballgucke. Alle wolle grad so viel, dass es reichlich langt, aber nix übrig bleibt.

Schwierig.

Dann, wie geht morge des Spiel aus? Ihr Tipp, Herr Olbrecht! Des geht mir doch, ehrlich g'sagt, am Arsch vorbei! Entschuldigung.

Gucke Sie net?

Doch, schon. Aber woher soll ich wisse, wie's ausgeht? Zu allem Elend kommt mir vorhin noch der Ströbele a'gschisse! Ich kann's net annerscht sage.

Kenn ich. Der isch e bissl speziell. Eigen, also aige, kann mer sage.

Un jetzt komme Sie, Herr Kannegießer! Nach acht Stunde. Von wege schon Feierobend!

Wenn ich des vorher so g'sehe hätt, wär ich net komme. Obwohl, wenn ich so überleg. Annerseits ...

Was? Annerseits? Was wolle Sie sage?

Wege dem Wacholder-Schinke. Die drei Minute hätte de Bock a nimme fett g'macht.

Was? Weg! De Kopf runner!

Passe Se doch uff mit der Eisestang!

Bücke! Ich zieh des Vordach runner! Klappe zu, Affe tot! So, Feierobend!

Mensch, Olbrecht! Des war aber verdammt knapp, Sie!

Ich hab Sie vorg'warnt. Ich sollt schon weg sei, dass die annere Händ rausfahre könne.

Vorg'warnt nenne Sie des? Ich hab de Luftzug g'spürt!

De Kopf hat mer schnell ei'gezoge.

Ja. Wisse Sie, wie man des im Strafrecht nennt? Sie hätten meine Verletzung ›billigend in Kauf genommen‹!

Des kann sogar sei. Aber Ihrem Dichterkopf isch jo zum Glück nix passiert.

Also, Ironie, spitzige Bemerkunge, vertrag ich grad net!

Wenn Sie jetzt bitte einen Schritt von meiner Autotür zurücktreten könnten.

Was? Ich versteh Sie net – der Motor!

Gehe Sie von der Autotür weg! Ich will net noch – wie habe Sie g'sagt? – billigend in Kauf nehmen müssen, dass ich Ihne mit dem schwere Allrad über ihre Freizeit-Leineschläpple fahr!

Ach so, ja! Also nix für ungut, Herr Olbrecht! War alles e bissl viel heut, ich waiß.

Ja, besonders für Sie, gell?

Er kann's net lasse! – Gute Fahrt!

Schön's Wocheend! Bis Mittwoch! Dann gibt's widder Wacholder-Schinke!

Herr Olbrecht! Olbrecht!

Was gibt's denn noch?

Warnblinker ausmache!

Mein Roter Rolf

Er war ein Bild von einem Revolutionär
ich hör ihn noch durchs Megaphon
also ob's geschtern g'wese wär

Nieder mit dem Kapitalismus!
Vorwärts die proletarische Revolution!
Es lebe die internationale Solidarität!
Zerschlagt die Bourgeoisie!
halt so ähnlich irgendwie

der war mit seiner Friedenstaube-Klampf
Hans Dampf in alle Kneipe un Gasse
ein linker Stimmungsliedermacher
und Klassenkampf-Poet
Avanti populo
Ça ira – es geht!
ich hör noch heut
wie ihm die dünne E-Sait springt
wenn er Biermann-Lieder singt

na ja, so richtig malocht
also lohnabhängig länger am Stück
auf'm Bau oder in der Fabrik
womöglich mit de Händ
hat er selber nie
er war immerhin Student
im Hauptfach Soziologie
seine Stärke war ganz klar

vom Schaffe nur die Mehrwert-Theorie
statt Bauhelm und Schutzbrill
hat er sozusage
als Kopf des Proletariats
lieber die Baskemütz vom Commandante Che Guevara
und vom Genossen Lenin die Nickelbrill getrage

mein Gott, des isch lang her
heut spielt er Golf
mein Roter Rolf
Management Consulting
ein Knick in der Karrier

er schreit nimme ins Megaphon
Parole von der Weltrevolution
er telefoniert als Global Player
im Flieger aus der Business-Class
zwische London und New York
mit einer Züricher Bank
in knitterfreier Maßkonfektion
feines Tuch von Armani
anthrazit mit Seidenschimmer

sein begehbarer Kleiderschrank
isch gut doppelt so groß
wie damals sei Studentezimmer
geräumig, hat er mir erklärt
aber net zu vergesse, immerhin
sei Frau – die dritte inzwische
hätt ihre Sache a noch drin

er raucht kubanische Zigarre
aus alter Solidarität, wie er sagt
schenkelgerollt, 18 Euro das Stück
wenn er die im Mundwinkel hat
zwische die Implantate klemmt
hat er für einen kurze Moment
noch sowas Revolutionäres im Blick
dann seh ich den Rote Rolf vor mir
der die Welt verändere
radikal alles umkremple wollt

so ändere sich die Zeite
ich kann ihn irgendwie –
ich waiß net warum
immer noch gut leide
er g'hört halt in Gotts Name
zu meiner Generation
zu dene Arschlöcher
mit der Revolution

nur manchmol
kann ich's net fasse
wenn ich frog, wie's ihm geht
sagt er schon seit vierzig Jahr

danke, mer kann's lasse.

BILD dir deine Meinung

Siebzig Cent für die Zeitung
do kann'sch wirklich nix sage
des isch beinah g'schenkt

der Herbert freut sich jeden Morge
über seine Meinungsbildung
beim Lese in der Stadtbahn

weil immer drinsteht
was er denkt.

Was will ich mehr?

Hab lang geduscht
sauberes Wasser auf Hebeldruck
warm sogar
Stuhlgang kompakt
wunderbar!

hab mich g'streckt von Kopf bis Zeh
es hat normal geknackt, aber funktioniert
nichts tut mir weh
perfekt!

hab mich abfrottiert, an mir runnergeguckt
nirgends ein Ausschlag
nichts brennt oder juckt
kein schwarzes Muttermal
außerum ohne Befund
ich bin scheint's g'sund
optimal!

zum Frühstück Rührei mit Speck
hab mir ein Butterbrot g'schmiert
die Samstagszeitung g'lese
viel Schlimmes passiert
net bei uns g'wese, alles weiter weg
ich wohne in der gemäßigten Zone
Glück g'habt!

Zigarettle gedreht, Kringel gepafft
schon widder müd, als hätt ich was g'schafft
egal, Sonntag heut
blauer Himmel mit Glockegebimmel, Kirchgangzeit
über de Platz schlurfe ältere Leut
zu dem fromme Treibe
Glaubenswächter komme net vorbei
es schellt keine Religionspolizei
wer an nix glaubt, kann grad hocke bleibe
mir recht!

hab im Unnerhemd Bilanz gezoge
wie leb ich denn so in dem Land?
nach obe wär noch Luft, ja klar
aber genauso nach unne
also schlecht wär g'loge
im globale Vergleich
bin ich relativ reich

bin krankenversichert, pflichtversorgt
stellt euch des vor!
bei der AOK, natürlich Vierbettzimmer
Stöpsel im Ohr wege der Schnarcherei
der Chefarzt kommt halt selte vorbei
aber krank am Straßerand wär schlimmer
sowas gibt's!

hab ein Dach überm Kopf
en warme Platz in der Welt
Heimat, was jeder gern hätt
ich kann heut sage immerhin
wo ich morge noch bin
Millione hocke im windige Zelt
Dauercamper notgedrunge, die wisse des net
wenn die in ihr Zukunft gucke
bleibt nur ein Schulterzucke

ich hab jeden Tag was zu esse
net zu vergesse, sogar mehr als genug
als ob ein voller Einkaufswage
weltweit Standard wär!
ich kann jederzeit Besuch empfange
es würd bestimmt für alle lange
mein Tisch wär reichlich gedeckt
mit Käs und Wurscht, Rotwein im Krug
wie Hunger vor'm Verhungere schmeckt
waiß ich nur vom Höresage
von uralte Leut, die Krieg noch kenne
ich hab immer lang vorher esse könne

doch, es geht mir gut soweit
in dieser lebenslange Friedenszeit
wie g'schmiert lauft's nie
dafür lebe mer in einer Demokratie
in einer Diktatur ging's wesentlich schneller
gut, es könnt gerechter zugeh
noch e bissl gleicher für alle
aber fürs Paradies wär's zu früh

vor allem bin ich froh
des isch mir des liebschte G'schenk
seit ich schwätze g'lernt hab
in dem Land
kann ich sage
was ich denk.

Lounge

Des Wort ›Wirtschaft‹
sterbt so langsam aus
jetzt leuchtet ›Lounge‹
in pinkrosa Neonschrift
an dem alte Fachwerkhaus

des Schild von früher
hängt noch schmiedeeisern
schön verschnörkelt raus
Zum Goldenen Löwen
grad noch lesbar am Verputz
muss bleibe – Denkmalschutz

lieber Gott
als könnt mer des Kraftwort Wirtschaft
grad durch ein schlaffes Lounge ersetze
ohne unser Sprach samt Lebensg'fühl
englisch zu verletze!

Lounge sagt mir net viel
des Wörtle flutscht so raus
klingt nach Latte macchiato
mit Croissant und süße Stückle
nach 0,1 Prosecco-Schlückle
mit so Tapas-Zeug und Handy-Geschnatter
nach gepolschtertem Ambiente
in einer Stadtbummel-Paus

Fraue lasse sich reihum
in ihre Shopping-Gückle gucke
ein Zwergpudel hopft vielleicht rum
mit'me rote Schlüpfle zwische de Ohre
so ein Kerl hätt in der Wirtschaft
nichts verlore

dort klopft mer uff de Tisch
dass alle merke
wer grad komme isch
dann hockt mer sich dezu
ein Holzstuhl von der Brauerei
mehr Ambiente muss net sei

unner der niedrige Balkedeck
im Dämmerlicht von Butzescheibe
kann mer sich so schön verhocke
wie in'me g'mütliche Versteck
weit weg vom hektische Alltagstreibe

jeder Strich uff der Deckeluhr
zählt ungefähr e halbe Stund
später dann e bissl mehr
weil mer langsamer trinkt
also knapp ein Riesling trocke

billiger lebt mer natürlich dehaim
aber wer will denn immer
in seinem Wohnzimmer rumhocke?
will mer net schwätze
net mit de Leut diskutiere
hätt lieber sei Ruh
nickt mer gedankevoll ins Glas
brummt was ab und zu

falls mer Hunger hätt
oder e Grundlage bräucht
kann mer sogar was esse
Tapas gibt's halt net
dafür Wurschtsalat mit Gurkengarnitur
oder Schnitzel mit Pommes
ab zehn nur noch mit Brot
geht doch zur Not
besser als nix
Gulaschsupp krieg'sch immer
aber die kann'sch vergesse
die kommt aus de Büchs

um des Achtel beim Gehe
am Tresen im Stehe
wird net groß verhandelt
des hat's noch gebraucht
dass sich drauße die Welt
wünschenswert verwandelt

auch noch so ein Unterschied:
in eine Lounge geht mer nur nei
in einer Wirtschaft kehrt mer ei
wenn die Sonn noch am Himmel lacht
sage mer, im späten Tageslicht
wenn mer rauskommt isch's Nacht
de Haimweg isch e annere G'schicht
Schwamm drüber!

was isch eine Lounge gege eine Wirtschaft?
schon des Wörtle passt net
in die altvertraute Sätz
ich hab mol probiert
ob des funktioniert
soll denn eine betroffene Frau
neuerdings schimpfe müsse:

»Was? Komm'sch jetzt erscht aus der – Lounge?«
oder
»Häng dein Kittel uff de Balkon! Der riecht nach – Lounge.«
oder womöglich, ganz unsäglich:
»Die Loungehockerei hört mir uff!«

des klingt doch situativ beschisse!

von mir kann ich nur sage
ich hab mehr Geld in d'Wirtschaft
als in die Lounge getrage.

Der wilde Süden

Verzeihung bitte, kennen Sie sich hier aus?

Wie in mei'm Hosesack. Warum?

Sagen Sie, wo kann man hier vernünftig zu Abend essen? Können Sie mir ein Lokal in der Nähe empfehlen? Wo auch die Einheimischen so hingehen.

Jetzt? Ja – warm?

Natürlich. Warm, klar.

Des sage Sie so. Bei uns wird normal obends dehaim g'veschpert.

Was wird da, bitte?

Geveschpert! Kalt zu Hause gegessen. Aber warte Se mol. Lasse Sie mich überlege. Was Warmes? – Ha doch! Im ›Schlappe‹ do vorne! An de Eck. Gucke Se!

Wie bitte, wo?

Im ›Schlappen‹ dort vornen! Schauen Sie!

Diese gelbe Leuchtschrift? ›Badischer Hof‹ heißt das wohl?

Genau! Des isch de Schlappe. Steht nirgends. Aber so sagt mer bei uns zum Badische Hof.

Ah ja, verstehe. Im Volksmund gewissermaßen. Gut, nun weiß ich ja Bescheid. Danke für Ihre Auskunft. Schönen Abend noch!

Halt! Langsam! Net dass Sie sich wundere. Überm Ei'gang steht ›Mykonos‹, gell.

Wie das denn?

Do isch'n Griech druff.

Wie bitte? Was?

Da ist ein griechischer Wirt darauf.

Ah so! Ein griechisches Restaurant? Ne, danach ist mir im Moment eigentlich nicht.

Wieso? Habe Sie was gege Grieche?

Nein. Aber griechische Lokale haben wir in Lüneburg auch. Wenn ich schon mal hier bin, würde ich die regionale Küche vorziehen.

Des wär beim Aposchtel – Apostolis haißt er richtig, der Wirt vom Schlappe – g'hopft wie g'sprunge.

Wie? Was meinen Sie?

Des wär egal. Der isch schon so lang in Deutschland, dass der nimme so arg griechisch kocht. Der hat sich angepasst. Hat viel übernomme.

Ist aber auch schade irgendwie, oder?

Gut, Gyros un so Zeug macht er immer noch. Aber zur Begrüßung kriege Sie wahlweis einen Obstler statt Ouzo. Des Tsatsiki schmeckt wie unser Gurkesalat. Aber die Schnitzel, einmalig!

Schnitzel? Die bekomme ich überall. In jeder Raststätte zwischen Flensburg und Passau!

Aber solche net! Die Mykonos-Schnitzel sin in der ganze Gegend bekannt. Solche Wäscher! Gucke Se! Die gucke so weit über de Tellerrand! Un des isch net übertriebe! Wie Klodeckel!

Sie meinen große Fleischstücke, wenn ich recht verstehe?

Genau! XXL! Die überlappen den Teller.

Ja, schon verstanden. Aber solche mächtigen Fleischportionen mag ich zur Nacht nicht mehr zu mir nehmen.

Des müsse Sie a net! Was Sie net esse könne, lasse Se sich ei'packe. Morge sin Se froh drum. Des mache viele. Die habe immer Alufolie un so Styroporschachtle an de Thek parat.

Offen gesagt, das ist nicht so mein Ding. Wäre mir etwas peinlich.

Ach was! Sie habe en Hund dehaim, sage Se. Rottweiler. Fertig ab!

Einen Hund? Ich?

Lieber Gott, wenn alle en Hund hätte, die des sage, wäre mer schon lang in en Haufe gedappt.

Was wären wir?

In Hundekot hineingetreten!

Wie auch immer. Ich bin im Hotel. Was soll ich da mit einem fetttriefenden Proviantpäckchen? Mir womöglich den Anzug ruinieren?

Wieso de Kittel versaue? Sie kriege e Henkelgückle. Eine Tragetüte. Die könne Sie bequem vom Körper weg trage. Sogar rumschlenkere. Mit Soß. Do passiert nix! Der Aposchtolis macht a Straßeverkauf.

Und dann esse ich das im Hotelzimmer? Mit den Händen. An der Bettkante. Nein danke!

Fingerfood isch doch in Mode. Sie, wenn Sie nachts im Hotel richtig Hunger kriege, isch's Ihne egal, mit was Sie esse. Ich hab mol bei unserem Skatausflug nach Passau ...

So, da wären wir. Meine Brille. Die Speisekarte ist ja ziemlich umfangreich. Sogar eine Fliege im Kasten.

Was? E Muck? Die isch verhungert. Hier, bitte. Links griechisch. Rechts deutsch. Rahmschnitzel, Zigeunerschnitzel, Jäger ...

Ach, wissen Sie, es ist ja nicht so dringend mit dem Essen. Ich kann mal eine Mahlzeit ausfallen lassen. Gut für die Figur.

Sie habe doch e Figur wie e Treibschnürle. Aber gut, wenn Sie maine.

Tja, dann werde ich mich jetzt mal von Ihnen verabschieden. Besten Dank für Ihre Freundlichkeit. Schönen Abend noch!

Langsam! Was wolle Se denn jetzt mache?

Ach, ich schlendere einfach gemütlich zum Hotel zurück. Etwas frische Luft tut mir gut.

Do kriege Se jo noch mehr Hunger! Herrgott, es wär doch g'lacht, wenn mir in dem Städtle nix meh zu esse kriege! Auf, komme Se mit!

Bitte, Sie haben mir doch schon genug Zeit geopfert.

Die ›Linde‹! Dass ich do net glei druffkomme bin! Hier entlang!

Hören Sie, ich bin eigentlich zum Umfallen müde.

Kai Wunder, mit nix im Mage! En leerer Sack bleibt net steh, sagt mer bei uns.

Aber Sie müssen mich doch nicht begleiten! Beschreiben Sie mir einfach den Weg. Finde ich schon.

Ach was! Bis ich den beschriebe hab, sin mer dort.

Aber wollten Sie nicht zum Tennisspielen? In der Halle um diese Zeit?

Ich? – Ach so, wege der Tasch! Des sieht nur so aus.

Das ist doch ein Tenniskoffer! ›Slazenger World Champion.‹

Ja, des steht halt druff. Mache Se sich kain Kopf. Die isch net schwer.

Versteh ich nicht. – Ist das weit zu Ihrer Linde?

Nur en Katzesprung. Es zieht sich nur e bissl. Weil's uff der Hauptstraß nix zu gucke gibt. Dort an der Ampel grad um d'Eck. Dann noch drei Minute durch die Fußgängerzone.

Gerade um die Ecke – wie geht das denn?

Abwarte!

Wo logiere Sie, wenn mer froge derf? In welchem Hotel?

Moment. Wo habe ich die Schlüssel? Hier!

Jesses, isch des en Holzbolle! Normal hat mer doch heut so Code-Kärtle, oder? Lasse Se mich mol lüpfe. Also, den vergesst mer beim Aus-Checke net!

Das ist ja die Absicht.

Des Messingschild wie eine Gedenktafel. ›Kehrle. Hotel Garni‹.
Oh jeh!
Wieso – oh jeh?
Des isch halt net grad die erschte Adress. Was mache Sie beruflich, wenn mer froge derf?
Sie dürfen. Ich bin Repräsentant.
Vertreter! Hätt ich mir denke könne. Dort übernachte überwiegend Monteure oder Vertreter. Was vertrete, also repräsentiere Sie? Staubsauger?
Staubsauger? Wie kommen Sie darauf?
Ha ja, Kindheitserinnerung. Damals hat regelmäßig der ›Kobold‹-Staubsaugervertreter bei uns g'schellt. Der hat e Gückle Dreck uff'm Teppich verzettelt. Den hat er spielerisch wegg'saugt.
Das hat Ihnen als Kind gefallen?
Klar. Des Dreckmache halt. Des hat mer selber net dürfe. Seitdem denk ich bei Vertreter immer an Staubsauger. Unser Besekammer war voll mit Koboldzusatzgerätle. Die Zeit denkt Ihne nimme, gell?
Nein, daran erinnere ich mich nicht mehr.
Der Kobold-Mann hat immer e Schnäpsle kriegt. Sie net, gell? Mache Sie in Versicherunge?
Nein. Ich verkaufe und betreue kaufmännische Software. Ich habe ausschließlich mit Firmen zu tun. Custom Relationship Manager, falls Ihnen das was sagt.
Hoppla! Nicht schlecht, Frau Specht! Do wird noch was verdient. Wieso übernachte Sie dann im Kehrle?
Na ja, das ›Best Western‹ an der Autobahn war belegt. Und die Hotelkapazität ist ja nicht gerade üppig in dem Kaff.
Kaff? Kleine Große Kreisstadt immerhin!
Entschuldigung, war nicht so gemeint. Wollte sagen, in diesem doch sehr überschaubaren Gemeinwesen.

Schon besser. Aber sage Se mol, nur int'ressehalber. Was nemmt die Kehrle fürs Zimmer?

So fünfzig Euro, um den Dreh. Mit Frühstück natürlich.

Also, des Frühstück könne Sie dort vergesse!

Ach, ich bin da nicht anspruchsvoll. Butter, Marmelade, Käse. Ein Ei wäre nicht schlecht. Aber Hauptsache frische Brötchen.

Im Kehrle? Frische Weckle? Die sin jeden zwaite Tag frisch. Könnt natürlich sei, dass Sie morge früh Glück habe. Sonscht brauche Sie e Schutzbrill beim Schneide. Die backt doch die Weck vom Vortag uff! Des waiß mer vom Bäcker. Aber des wär net des Problem.

Ja, was denn noch?

Frühstücke Sie gern in Ruh? Mit Zeitunglese un so?

Das ja, allerdings! Aber das wird ja wohl möglich sein.

Ebe net! Die Kehrle hockt sich zu Ihne. Die kaut Ihne s'Ohr ab!

Sie meinen, die Dame redet gerne mit den Gästen? Ist kommunikativ?

Eine elende Schwätzerin isch des! Ihr Tocher, die Margret, helft als mit. Des isch so e bissl e Trutschele.

Wie bitte? Nochmal. Was ist mit den Frauen? Das müssen Sie mir übersetzen.

Die Kehrle ist eine Schwätzerin. Un die Tocher – wie soll ich sage? Die schwätzt saudumm raus un merkt's net. Halt e Trutschele.

Naiv? Einfältig? In diese Richtung wohl?

Ha ja, furchtbar! Wenn die beim Frühstück um Sie rum sin, kriege Sie Kopfweh vom Weghöre. In Ihrer Zeitung könne Sie vielleicht grad noch die Überschrifte überfliege.

Aber man wird doch wohl sagen dürfen, dass man lieber allein wäre.

Sage könne Sie des.

Hören Sie, ist das noch weit zu diesem Gasthaus, dieser Linde?

Nur e paar Schritt. Die Seitegass, drittes Haus.

Kein Problem. Das finde ich. Nochmals danke für Ihre Begleitung.

Des Stückle geh ich noch mit. – Hier, do isch's doch schon!

Sieht aber nicht sehr einladend aus. Macht einen geschlossenen Eindruck.

Des täuscht. Weil nur die Lamp überm Stammtisch brennt. Des Transparent leuchtet. Dann isch offe. Mir gucke mol nei!

Wir? Wollen Sie mir etwa beim Essen Gesellschaft leisten?

Au, sin Se mir net bös! Ich hab schon dehaim g'esse. Aber uff e Gläsle Wein setz ich mich gern zu Ihne.

Das ist wirklich nicht nötig, ich bitte Sie!

Halt! Zurück! Retour! Ich hab durch de Türspalt geguckt. In die Linde gehe mer net! Lieber nochmal zum Schlappe.

Auf keinen Fall! Entweder geh ich jetzt in mein Hotel, oder ich gehe auf der Stelle da rein! Hauptsache etwas zu essen!

Des kriege Sie aber dort nimme!

Ein Paar Wiener Würstchen mit Brot wird man wohl noch bekommen. Würde mir im Moment völlig reichen.

Wenn der Kurt, der Wirt, schon ohne Kochschurz am Stammtisch hockt, dann steht der nimme in sei Küch! Des isch a besser so. Wenn der kai Luscht mehr hat, schmeckt mer des.

Na ja, bei Würstchen kann man ja nicht viel falsch machen, oder?

Der schon! Dann lasst er se uffplatze beim Koche. Oder er schmeißt se uff'm Bode rum.

Absichtlich?

Ha, des net grad. Oder doch, so halb. Die falle ihm aus de Händ, weil er nimme schaffe will um die Zeit.

Um die Zeit? Also, ich bitte Sie! Es ist noch nicht mal zehn Uhr!
Drei Minute nach dreiviertel zehn genau! Funkuhr. Hier bitte!
Welche Uhrzeit haben Sie? Sagen Sie das nochmal!
Drei Minute nach ... zack! Schon vier nach dreiviertel.
Kapier ich nicht! Warum nicht einfach elf vor zehn?
Kann mer a sage. Aber des klingt halt später. Was schüttle Sie jetzt de Kopf?
Das verstehe, wer will!
Passe Se uff! Beispiel. Wenn mer sagt, es isch zehn Minute nach dreiviertel zwölf, hat mer noch e bissl Zeit. Aber wenn mer sagt, es isch fünf vor zwölf, isch's beinah zu spät.
Na ja, das ist so eine Redewendung. Aber normalerweise ...
Komme Se, lemmer's!
Wie bitte? Was meinten Sie?
Lemmer's! – Lassen wir es, das Thema! Es tut mir laid. Ich glaub, mit dem Esse wird's heut doch nix meh.
Muss Ihnen nicht leid tun. Sie haben sich bemüht, wenn auch vergeblich. Danke nochmal. So, unsere Wege trennen sich jetzt.
Was wolle Sie denn jetzt mit dem a'gebrochene Obend mache?
Ganz einfach. Ich geh auf dem schnellsten Wege zum Hotel. Ich muss morgen wieder zeitig auf der Matte stehen.
Ja, wenn des e g'scheit's Hotel wär! Mit Zimmerbar. Kaltes Bier, Schampus drin. Bissl Knabberzeug. Aber nix! Null Komfort! Nur die Bibel im Nachttisch-Schublädle. Schrecklich!
Einen Fernseher gibt es immerhin.
Der steht wahrscheinlich obe in de Eck. Weil's unne kain Platz hat.
Das Zimmer ist in der Tat bescheiden. Aber für eine Nacht geht das. Ich muss hier schließlich keinen Urlaub verbringen. Die hiesige Gastronomie wäre auch nicht gerade verlockend.

Also um die Zeit hätte Sie – in Lüneburg war's, gell? - auch Probleme, noch was Warmes zu kriege.

Eigentlich nicht. Ein paar Kneipen gibt es schon, wo man Ihnen um zehn noch eine warme Mahlzeit serviert.

Kneipen! Do fallt mir was ei! In ›Charly's PS-Stuben‹ könnte mer noch geh! Der hat offe bis lang nach Mitternacht.

Nein! Auf keinen Fall! Hören Sie, ich ...

Dort könnte mer sogar im Freie sitze. Biergärtle, drei, vier Tisch. Durchgehend Esse. Halt so Fertigzeug aus de Mikrowell. Aber warm.

Ich möchte jetzt wirklich zurück in diese Pension! Sie können ja noch einen Zug durch die Gemeinde machen. Für mich kein Ortswechsel mehr!

Isch jo gut. Vielleicht habe Sie Recht. In de PS-Stuben könnt ich mich mit Ihne schlecht blicke lasse. Des wär kein guter Ortswechsel für Sie.

Und warum bitte?

Ha ja, mit Ihrem A'zügle un der Krawatt. Des käm dort net gut. Des Publikum isch e bissl schwierig.

Inwiefern schwierig?

Dort herrscht des Gegetail von Krawattezwang. In de PS-Stuben hockt dreimol lebenslänglich drin!

Verstehe. Asoziales Milieu?

Könnt mer so sage. Jedenfalls, wenn Sie dort jemand im Aug hat und Sie gucke länger zurück, könne Sie morge net zu Ihrem Termin.

Um Gottes willen! Nur das nicht!

Alla gut. Lege Se sich lieber bei der Kehrle uff's Bett un gucke an die Deck. Oder in de Fernseher. Vielleicht kommt e Kochsendung. Tschüss! Es war schön, Sie kennengelernt zu haben!

Was haben Sie denn plötzlich? Ich habe mich doch für Ihre freundliche Begleitung bisher bedankt. Das war ja nicht selbstverständlich.

So eine schöne laue Sommernacht! Höre Sie die Zikade in dene Platane?

Ja, doch. Aber sind das nicht Grillen? Und Ahornbäume?

Kann sei. Isch doch wurscht. Ich bin kain Naturkundler.

Aber die Nacht? Unter lau verstehe ich etwas anderes. Mir kommt das eher schwül vor. Drückend.

So sin halt die Sommer bei uns in der Rheinebene. Manchmol lauft ai'm grad d'Brüh runner.

Wie bitte? – Wie dem auch sei. Danke nochmals! Alles Gute Ihnen! – Wollen Sie mir nicht die Hand geben?

Herrgott, Sie könne doch bei der Hitz sowieso net schlofe! Oder hat die Kehrle neuerdings Klimaanlage in ihre Fremdezimmer?

Das kann ich mir nicht vorstellen.

Also! Dann hocke mer doch noch e paar Minute uff des Bänkle an dem Brunne! Bevor Sie sich im Bett rumwälze.

Ist ja wirklich ein sehr schöner Platz.

Gell? Der Lindenplatz. Dort, wo's zur Tiefgarage geht, war früher mal eine Linde. Deshalb haißt die Wirtschaft noch so.

Aber haben Sie überhaupt Zeit? Ich meine, Sie hatten doch bestimmt etwas vor. Dieser Tenniskoffer?

Oh, lieber Gott! Wenn ich alles so hätt wie Zeit! Un des Köfferle? Wenn Sie mir net über de Weg g'laufe wäre ... Aber des isch nachher schnell erledigt. Setze Se sich doch!

Meinetwegen. Ein paar Minuten. Ist ja wirklich nicht allzu spät. Viertel nach zehn erst.

Exakt. Funkuhr. Viertel elfe.

Zigarett?

Danke, ich rauche nicht. Oder nur gelegentlich. Ab und an einen Zigarillo. Nach einem guten Essen.

Au, war des Ihr Mage, der knurrt? – Jetzt, schon widder!

Entschuldigung. Einfach ignorieren.

Ich will net indiskret sei, aber sin Sie verheiratet?

Wie kommen Sie jetzt auf diese Frage? Ich war. Bin geschieden.

Aber des isch noch net lang her. Oder?

Nein. Scheidungstermin war vor einem Monat. Also, jetzt bin ich aber platt. Können Sie hellsehen?

Des net. Aber Ihr Mageknurre sagt mir, dass Sie bis vor kurzem noch an regelmäßiges Esse g'wöhnt ware. Klingt nach Entzug. Des legt sich aber mit der Zeit.

Sie reden aus Erfahrung? Auch eine Scheidung hinter sich?

Ja. Aber zehn Jahr her. Gott sei Dank! Mir kommt kai Frau mehr ins Haus! Jedenfalls net als Hauptwohnsitz!

Das hört sich aber ziemlich verbittert an.

Ach woher! Mir geht's besser als vorher. Ich bin rundum versorgt.

Wie? Beziehen Sie etwa das ›Essen auf Rädern‹?

Was? Jetzt geht's aber los! Seh ich vielleicht so aus?

Nein, eigentlich nicht! Ich dachte nur. Könnte ja sein. Aus Bequemlichkeit oder so.

›Der Mensch lebt nicht vom Brot allein.‹ Kenne Sie den Spruch?

Ja, schon. Steht in der Bibel, glaube ich.

Also, des isch so. Ich hab eine Nachbarin, glücklich verwitwet, so könnt mer sage. Die kocht öfter für mich. Aber manchmol net nur. Klar?

Völlig! Und? Attraktiv, Ihre lustige Witwe?

Im reiferen Alter. Mitte sechzig. Aber des sehe Sie der Frau net a. Gut, sie isch e bissl füllig, weil se halt gern esst. Aber alles am richtige Platz. Immer noch knackig. Und ein Feuer hat die Vera! Ich sag Ihne! – Aber der Kavalier genießt und schweigt.

Jetzt sind Sie ja richtig ins Schwärmen gekommen! – Dürfte ich doch mal eine Zigarette haben? Und Feuer. – Danke.

Sie sin noch jung. Anfang vierzig, däd ich sage.

Gut geschätzt. Zweiundvierzig.

Für Sie wär eine Frau wie die Vera jenseits von Gut un Bös. Sie suche jetzt natürlich was Knuschpriges.

Vorerst suche ich überhaupt nicht. – Warum lachen Sie?

Mein Großvadder Albin isch mir ei'gfalle. ›In'me alte Busch gibt's a noch schöne Nescht.‹ Des war so'n Spruch von ihm.

Wie war das? – Jetzt verstehe ich! Ein derber Vergleich! War vermutlich kein Kavalier, der alte Herr.

Der hätt garnet g'wüsst, wie mer des schreibt! Des ware noch Bauersleut. Ihr Umgangston war e bissl rau. Trotzdem, ihre Ehe war gut. Oder sage mer erträglich. Hat g'halte bis zum Schluss. Wo hat's denn mit Ihrer Frau geklemmt?

Darüber möchte ich jetzt wirklich nicht reden.

Sin Kinner do?

Wo? – Ach so! Zwei. Die Nele ist noch im Kindergarten. Der Marvin wird nach den Sommerferien ins Gymnasium wechseln.

Hoffentlich packt er's. So Trennunge der Eltern mache Kinner oft schwer zu schaffe. Die sin dann ganz hinnerfür.

Wie bitte? Was?

Die sind dadurch verwirrt! Könne net g'scheit lerne.

Bitte, lassen wir das Thema!

Schön blöd, dass mer so trocke do rumhocke, gell?

Sie müssen ja nicht. Warum machen Sie das überhaupt?

Des waiß ich selber net. Vielleicht sin Sie mir sympathisch.

Wissen Sie was? Ich könnte jetzt doch ein kühles Pils vertragen. Auf die Schnelle. Zur nötigen Bettschwere.

Gute Idee! Aber dann müsste Sie mich ei'lade. Ich wollt nur kurz dehaim weg. Deshalb hab ich mein Geldbeutel net mitg'nomme.

Kein Thema! Gehen wir in die Linde. Das Transparent ist noch an.

Um Gott's wille! Lieber in de Schlappe! Um die Zeit isch der Kurt unberechenbar. Entweder schmeißt er uns raus. Oder er fuhrwerkt tatsächlich noch in seiner Küch rum. Je nach Laune.

Dagegen hätte ich nichts einzuwenden.

In seinem Zustand? Glaube Sie, der isch jetzt noch nüchtern? Sie, der hat sich beim Zwibbelschneide mol de Daume abg'säbelt. Am helle Mittag! Beim Stammessekoche.

Den Daumen? So richtig abgetrennt? Das ist übel. Wichtiger Finger.

Wenn ich's Ihne sag! Aber er hat'n widder! Des war so. Setze Se sich nochmol kurz her.

Können Sie mir das nicht beim Gehen erzählen? Aber gut, meinetwegen.

Der Kurt hat en uralte Hund. Promenademischung. Noch aus der Zeit mit seiner Frau. Der isch inzwische blind. Kahle Stelle im Fell. So blutige G'schwüre am Hals und hinne. Krebs halt.

Hören Sie auf! Das ist ja ekelhaft! Bin ich aber froh, dass ich dort nichts gegessen habe!

Dann hätt ich Ihne des vorher net verzählt.

Sehr rücksichtsvoll!

Also, des arme Tierle kriegt sein Gnadenbrot. Es g'hört aigentlich eig'schläfert. Des wär eine Erlösung.

Für die Gäste vermutlich auch. In einem Speiselokal, Mensch!

Mer derf ihn halt nur in de Mitte straichle. Aber im Lokal sehe Sie den normal sowieso net. Er darf nur bis in d'Küch.

Ah so? Nur in die Küche? Na dann!

Jedenfalls hätt des Peterle beinah dem Kurt sein Daume g'fresse. Vom Bode weg! Die Irina hat ihn grad noch am Halsband gepackt. Er hat den Daume schon im Maul g'habt.

Ach du lieber Himmel!

Wenn der noch Zähn g'habt hätt, wär der Daume ruckzuck Hackflaisch g'wese!

Mit Sicherheit. Schreckliche Vorstellung.

Weil er nimme kaue kann, schluckt er normal alles am Stück weg. Aber scheint's hat ihn der Daumenagel g'stört. Er lasst den Finger nochmol rausfalle, schnuppert dra. In dem Moment greift die Irina blitzschnell zu!

Geistesgegenwärtig. Schnappt ihm quasi das Gnadenbrot vor der Schnauze weg!

Des Peterle sieht halt nix. Hat net wisse könne, dass des Flaischbröckele von sei'm Herrle stammt.

Sie meinen, er hat den Unfallhergang nicht mitbekommen. Und deshalb ...

Ich waiß net. Vielleicht hätt er'n trotzdem g'fresse.

Das fürchte ich auch. Bei aller Intelligenz, die ich Hunden zutraue. Wir haben – wir hatten selbst einen Golden Retriever.

Er isch halt ein typischer Wirtshaus-Hund. Was uff den Küchebode fallt, derf er fresse. Wurschtzipfel, Knoche zum Abschlecke, Fetträndle vom Steak.

Davon wird der vermutlich schon satt.

Beim Kurt sowieso. Der schmeißt viel runner, wenn er beim Koche so e bissl Stress hat.

Da wird sich der WKD aber freuen!

Moment! Die Irina putzt regelmäßig die Küch nass durch! Also mit der Frau hat er Glück g'habt diesbezüglich. Eine Polin. Hat er über eine Agentur im Internet kenneg'lernt.

Das geht ja heute relativ einfach.

Ja, des könnte Sie a mol versuche. Warum net? ›In einem Polenstädtchen, da wohnte einst ein Mädchen.‹ Sie kenne doch des Lied? Also, manchmol hat mer Glück.

Mag sein. Aber danach ist mir im Augenblick nicht zumute.

Jetzt passe Se uff! Bei dene Mittagsgäscht hockt zufällig der Hubert. Sanitäter beim Rote Kreuz. Der packt den Daume in einen Gefrierbeutel mit Eiswürfel. Ab in die Notfallaufnahme vom Krankehaus!

Dort hat man ihm den Finger wieder angenäht.

Woher wisse Sie des?

Na ja, konnte ich mir denken. Wie Sie sagten, hat er ihn wieder.

Ja, aber net grad so dra'gflickt! Dies sieht mer kaum. Und beinah widder voll beweglich.

Hut ab vor den Gefäßchirurgen, kann man da nur sagen!

Gut, er hätt kai G'fühl mehr drin, klagt er. Aber der Kurt isch sowieso kain G'fühlsmensch. Der hat noch mehr so Stelle. Jedenfalls hätt er mit dem ab'ene Daume nimme schaffe könne.

Mit dem abenen was?

Ohne Daumen wär der jetzt arbeitsunfähig.

Als Koch mit Sicherheit.

Aus Dankbarkait hat er dann die Irina g'heiratet.

Schaurig-schöne Story. Daumen wieder dran, Hochzeit. Happy End.

Ich waiß net, ob ihm der Daume des heut noch wert wär. Der Kurt steht bei seiner Irina ganz schön unnerm Pantoffel.

Sowas kommt vor. Manche Frauen ändern sich nach der Hochzeit doch sehr schnell. So, nun muss ich aber ...

Übrigens, für den Hubert, den Rotkreuzler, war des kein Happy End. Ein ganz tragischer Unfall.

In dem Zusammenhang?

Ja. Als Dank für sei beherztes Ei'greife hat er einen Monat lang in der Linde alle Getränke gratis kriegt.

Eigentlich eine schöne Art, sich zu bedanken.

Schon. Aber der Hubert isch Dachdecker von Beruf. Des haißt, er war.

Soll das heißen, er lebt nicht mehr?

Genau! Der hat des Angebot vom Kurt voll ausg'nützt. Bier, Schnäpsle. Jeden Tag isch der in der Linde g'hockt. Immer gib ihm!

Als Dachdecker? Kann mir schon denken, was passiert ist.

Aber so saublöd? Der deckt nach Feierobend e Gartehäusle mit Wellblech. In Schwarzarbait, klar. Nur zwai Meter fuffzich hoch! Stürzt kopfüber in eine Regentonne. So e Petroleumfass!

Und ertrinkt?

Ja. Versauft mit a'gwinkelte Ärm! Praktisch Hand an der Hosennaht! Könne Sie sich des vorstelle?

Ein schrecklicher Tod! Aber hören Sie, ich ...

Am nächschte Tag hat ihn der Gartebesitzer entdeckt. Sei Füß habe bis zum Knie aus dem Fass geguckt. Der hat'n Schock g'habt, der Mann.

Verständlich bei dem Anblick. Jetzt muss ich mich aber von Ihnen verabschieden. Mein Termin morgen früh.

Wann müsse Sie denn dort vortanze?

Vortanzen? Na ja, um neun ist die Präsentation.

Des geht jo noch.

Ich sollte aber früher vor Ort sein. Schade, dass aus dem Pils nichts wurde. Danke für Ihre Gesellschaft. War sehr amüsant. Leben Sie wohl!

Halt! Ich geh doch mit!

Nicht nötig! Ich möchte jetzt zügig zurück ins Hotel!

Mir habe doch de gleiche Weg! Soll ich vielleicht hinner Ihne herdappe? Ich wohn nur e paar Häuser vom Kehrle weg.

Na gut. Dann aber los! Zielstrebig!

Dort vorne links. – Hoppla! G'sundhait! Un glei nochmol! Habe Sie sich en Schnupfe g'holt?

Pollenallergie. Die Lindenblüten. Moment, mein Taschentuch.

Do habe Sie grad en Zettel rausg'schlenkert. Vielleicht wichtig.

Geben Sie mal her. – Ach, das hat mir ein Kollege aufgeschrieben. Sollte ich hier mal probieren. Das sei ein typisches Gericht dieser Gegend. Hat sich jetzt wohl erledigt.

Derf ich mol lese? ›Bubenspitzchen.‹ – Bubespitzle maint der!

Was ist das eigentlich? Rollen aus Kartoffelmasse, so hat er das beschrieben. Würde mit Kraut serviert.

Stimmt. Krumbiere mit noch was drin. Ich koch selber net. Die gibt's aber selte in de Wirtschaft. Mehr an so Fressbude bei Straßefeschtle.

Und woher kommt diese komische Bezeichnung?

Weil die halt so aussehe wie Bubespitzle. Wie des Bimberle von klaine Bube.

Wie was bitte?

Herrgott, wie ein Knabenpenis! Hier, wie mein kleiner Finger. Von de Form her. Nur lummelig. Nach'm Brate sin die rösch. Kross! Verstehe Se?

Ja. Wir müssen aber nicht unter der Laterne stehen bleiben. Sie können mir das auch im Weitergehen erklären.

Es gibt auch noch e größere Sort. Gucke Se, wie mein Zaigefinger! Oder sogar noch dicker. Des sind dann eher Schupfnudle.

Schupfennudeln? Aber wovon hängt das ab mit der unterschiedlichen Größe?

Des kann ich Ihne net genau sage.

Ich nehme an, das ist Familientradition. Über Generationen weitergegeben?

Ach was! Zufall! Mol so, mol so! Ob des Bubespitzle oder Schupfnudle gibt, hängt davon ab, was dene Fraue beim Rolle von dene Dinger grad durch de Kopf geht.

Meinen Sie? Na ja, jedenfalls ganz schön frivol, die schwäbische Küche!

Was? Was habe Sie grad g'sagt?

Was sehen Sie mich jetzt so entgeistert an?

Wo sind Sie? Im Schwäbischen? Herrgott, wir sind hier im Badischen! Un zwar mittedrin!

Meinetwegen, ja! Aber Württemberg-Baden gehört doch ...

Annerschtrum! Baden-Württemberg, immer noch!

Natürlich. Verzeihung. Aber das ist doch ein Bundesland!

Aber mit grundverschiedene Leut!

In Lüneburg macht man da keinen Unterschied.

Wenn Sie net wisse, wo Sie sin, dann verzähle Se wenigschtens in Lüneburg, Sie hätte im Schwäbische nix zu esse kriegt!

Mein Gott, ich wusste nicht, dass Sie das so genau nehmen! So heftig reagieren!

Ich heftig? Ich will nur net dauernd verwechselt were!

Haben Sie denn etwas gegen die Schwaben?

Ach woher! Überhaupt net! Ich will nur kainer sei müsse! Wieso wird ein Schwabe umgekehrt nie mit einem Badener verwechselt? Bei euch drobe gibt's uns doch garnet! Alles nur Schwobe!

Da ist was dran. Aber nun haben Sie mich ja aufgeklärt. Gehen wir zu!

Da, Ihr Zettel. Sin Sie morge Mittag noch do?

Ich denke ja. Wenn wir zu einem Abschluss kommen, esse ich mit den Herren von der Geschäftsleitung zu Mittag.

Wo denn, wenn ich froge derf?

Ich glaube, das Restaurant heißt ›Prinz Max‹. Kennen Sie das?

Klar. Kennt hier jeder. Aber mehr von auße. Der hätt beinah einen Michelin-Stern kriegt. Hoffentlich sin Se ei'glade.

Davon gehe ich aus. Das ist so üblich. Warum?

Ha ja, die Preise sin halt entsprechend. Arg gehoben, sag ich mol.

Wie entsprechend? Wurde das Lokal doch mit einem Stern ausgezeichnet?

Des net. Aber viel hat net g'fehlt. Des Preisniveau von einem Sternelokal will er jetzt halte. Weil sich sonscht die Restauranttester vom Michelin nimme blicke lasse.

Die Strategie leuchtet mir nicht ganz ein.

Egal. Aber der hat e spezielle Speisekart mit regionalen Gerichten. Also, dort kriege Sie garantiert Ihre Bubespitzle.

Glauben Sie?

Sicher. Aber in der Mini-Version. Des sin schon beinah Bubezipfele. Wie am Ultraschall. Am klaine Finger kann ich Ihne des garnet zeige.

Das müssen Sie jetzt auch nicht.

Aber auf Champagnerkraut an Schalotten-Confit oder so ähnlich. Ein Kumpel von mir war mol dort esse. Besonderer Anlass. Silberhochzeit von seiner Frau.

Von ihm nicht?

Ha doch, klar! Aber sei Frau wollt in den Prinz Max. Genau acht Bubespitzle hätt er uff'm Teller g'habt, hat er g'sagt. Geschmacklich allerdings einwandfrei.

In solchen Häusern wird eben weniger auf die Menge und mehr auf Qualität geachtet. Auf das besondere Geschmackserlebnis.

Alles gut un recht. Aber wenn mer sich dehaim noch en Leberkäs in d'Pfann schmeiße muss wie der? Des kann's net sei!

Diese Bubenspitzle waren doch sicherlich nur ein Zwischengang. Da ist man am Ende doch satt.

Mer sollt meine, des läppert sich z'amme. Aber ...

Wie bitte?

Wie soll ich sage? Das summiert sich. Aber des war halt alles so wenig! An dem Obend habe die übrigens noch einen mordsmäßige Krach kriegt.

Sagen Sie mal, wie weit ist denn das noch?

Wenn ich an die Schupfnudle von meiner Vera denk! Nach acht Stück wäre Sie beinah satt.

Bitte reden Sie jetzt nicht mehr vom Essen! Wir müssten doch allmählich da sein.

Erinnere Sie sich net? An der Stell habe Sie mich vorhin a'gsproche.

Vorhin ist gut!

Sehe Sie, im Schlappe isch noch Betrieb. Warme Küche bis 23 Uhr. Sie könne sich immer noch überlege, ob mer net ...

Nein! Ich habe jetzt keinen Hunger mehr.

Aber Durscht vielleicht? Ein Pils zum Ausklang?

Nichts mehr! Ich geh jetzt auf dem schnellsten Wege in mein Hotel. Ich muss morgen früh ausgeschlafen sein. Nochmals danke. War nett mit Ihnen. Leben Sie wohl!

Nicht doch! Sie reißen mir die Tasche vom Jackett! Was denn noch?

Halt! Rechtsrum in des Sträßle!

Ich bin aber von dort gekommen! Das weiß ich genau!

Des war en Umweg. Mir nemme die Abkürzung!

Abkürzung? Das ist doch eine Sackgasse! Hier, das Schild!

Für Autoverkehr. Aber net für uns. Von dem Wendehammer dort geht e schmales Fußwegle über die Wiese. Dann stehe Sie genau vor'm Kehrle.

Wenn Sie das sagen, gut. Dann marschiere ich mal los.

Langsam! Ich muss doch sowieso dort vorbei. Glaube Sie, ich nemm des Leergut widder mit haim?

Welches Leergut denn?

Hier! Dort sin die Glascontainer!

Sagen Sie bloß, Sie haben in Ihrem Tenniskoffer leere Flaschen?

Also, volle net! Sie, nach so'me Gepäckstück hab ich lang g'sucht. Flohmarkt. Fünf Euro! Passe genau zehn Flasche nei. Aber ganz b'häb.

Wie? Ganz was?

Eng. Bündig, auf Stoß. Ich kann schüttle. Höre Sie was klirre? Diskreter lasse sich ausgetrunkene Flasche net transportiere. Ideal!

Aber Sie können doch um diese Zeit nicht mehr Ihr Leergut entsorgen! Mitten im Wohngebiet. Das macht doch Lärm, Mensch!

Ach was! Paar Sekunde! Wenn Sie mit zupacke, geht's noch schneller!

Wie komm ich denn dazu? Ich bin auf Geschäftsreise hier. Nicht um mit Ihnen eine Ordnungswidrigkeit zu begehen!

Lieber Gott, bis die was mitkriege, sin mir schon lang fort!

Darum geht es nicht. Bitte, hier steht: ›Einwurf bis 20 Uhr!‹

Wäre Sie mir net über de Weg g'laufe, hätt des beinah geklappt.

Moment! Hatte ich Sie gebeten, mich zu begleiten?

Egal jetzt! Kai langes G'sprattl! Net zwische dene Container hin- un herspringe. Net dass mer uns über de Haufe renne! Alles zum Weißglas!

Ist das Ihre Vorstellung von Mülltrennung?

Weiß isch neutral. Mer sieht sofort, was net nei'ghört. Dann habe's die beim Sortiere leichter. Grün un Braun sin schwer zu unnerschaide.

Seltsame Logik!

Mer muss halt e bissl mitdenke! Passe Se uff, wenn ich den Reißverschluss uffzieh, schlage mer zu!

Ich denke nicht daran!

Sie zwaimol bücke. Ich dreimol. Achtung – jetzt!

Passen Sie doch auf! Mein Kopf!

Schon erledigt! Koffer zu! Und weg!

Hergottnochmal! Sehen Sie sich das an! Eine Katastrophe ist das!

Was isch denn passiert?

Hier, mein Anzug! Über und über mit Wein bekleckert! Das Jackett! Die Hose hat was abbekommen! Ach Mensch, das darf doch nicht wahr sein!

Des tut mir jetzt aber laid, Sie!

Das tut Ihnen leid? Ja wunderbar! Dafür kann ich mir nichts kaufen! Können Sie mir sagen, wie ich morgen zum Geschäftstermin erscheinen soll?

Habe Sie nix in Reserve dabei? Ich main, es kann doch immer was passiere.

Hören Sie auf! Wer denkt denn an sowas? Das gibt's doch nicht!

Doch. Jetzt wird mir des klar. Eine Flasche war noch halb voll. Trollinger. Hat mir ein Freund aus Heilbronn g'schenkt. Nach de Hälfte hab ich g'merkt, dass ich den nimme trinke will. Dann ...

Menschenskind, dann kippt man den Rest in den Abfluss!

Ich hab den Korken fescht nei'gedrückt! Habe Sie den womöglich runnerg'macht?

Ja klar, Mensch! Verschlüsse gehören nicht zum Altglas!

Also dann habe Sie wenigschtens eine Teilschuld!

Kommen Sie mir jetzt nicht so! Sehen Sie sich die Bescherung an! Hier! Sogar Hemd und Krawatte! – Grinsen Sie etwa?

Nai, nein! Aber wie kann sich ein Mensch in e paar Sekunde so zuschütte? So viel kann doch in der Flasch garnet drin g'wese sei! Ganze Arbeit!

Halten Sie den Mund! Wären Sie mir nur nicht begegnet!

Umgekehrt! Sie mir, net ich Ihne! Bei de Wahrhait bleibe, gell!

Lassen Sie Ihre Spitzfindigkeiten! Mensch, was mach ich denn jetzt?

Jetzt nix! Trockne lasse. Morge früh gucke, ob mer noch was sieht.

Glauben Sie an Wunder? Rotwein auf hellgrauem Tuch! Kann ich vergessen!

Vom G'schmack her dürft der Trollinger keine arge Rotweinflecke mache.

Was ist denn mit Ihrer Abkürzung? Wieso gehen wir die Sackgasse zurück?

Nach dem Rege geschtern isch des Wegle matschig. Ihre Schuh.

Darauf kommt's jetzt auch nicht mehr an!

Jetzt gucke Se net so verzweifelt. Es gibt Schlimmeres!

Kann ich mir im Moment kaum vorstellen! Den Anzug hatte ich mir eigens für die Präsentation zugelegt. Seide mit Cashmere-Anteil.

Jo, wenn Ihre Software was taugt, könne Se die a im Blaue Anton verkaufe! Notfalls.

Sie haben doch keine Ahnung, Mann! Schon mal was von Wettbewerb gehört? Von Globalisierung? Wir sind nicht die einzigen Anbieter solcher Systeme!

Schon klar. Lasse Se mich überlege.

Und da geht es nicht um Peanuts! Da winkt ein Auftrag im hohen fünfstelligen Bereich!

Also, en Anzug könnt ich Ihne für morge leihe. Schon e bissl älter, aber kaum getrage. Der war damals net billig. Schwarz halt.

Das ist gut gemeint. Aber vergessen Sie das!

Wieso? Der könnt Ihne sogar passe. Von der Größe her.

Von der Länge her schon. Aber sehen Sie uns doch mal an. Hier, im Licht von der Straßenlampe. Entschuldigung, aber ...

Ja, der Bauch! Vor e paar Jahr hab ich die Hos von dem A'zug weitermache lasse. Am Bund. Von einer jugoslawische Schneiderin.

Das war wohl noch zu Titos Zeiten.

Waiß ich nimme. Aber dreißig Mark hat die verlangt. Sie bräuchte natürlich Hoseträger. Hab ich!

Hosenträger?

Ja. Aber die sieht doch niemand, wenn Sie den Kittel net ausziehe!

Hören Sie, das ist sehr lieb von Ihnen. Aber ich will dort nicht in einer Clownsnummer auftreten.

Was? Wenn Sie des so sehe, dann verscherble Sie halt Ihr Software-Zeug in dem rotweinversaute Sommer-Businessanzügle! Bitte, Ihr Problem!

Bleiben Sie stehen! Ich wollte Sie doch nicht beleidigen!

Übrigens, den Anzug müsste Sie mir sowieso morge Nachmittag widder zurückgebe. Bis 15 Uhr müsst ich den habe. Zu einer Beerdigung. Schulkamerad.

Tut mir leid, Mensch! Ich hab das nicht so gemeint, das mit der Clownsnummer vorhin. Ich kann Ihnen das erklären!

Net nötig. Schon in Ordnung.

Das ist so. Mein Kunde ist ein mittelgroßer Betrieb der Textilbranche. Da achtet man natürlich besonders auf die Garderobe.

Sie meine aber jetzt net ›Eurotex‹?

Doch! Eurotex, genau! Hier im Gewerbegebiet. – Was lachen Sie jetzt?

›Euro-ex‹ däd besser passe!

Wie meinen Sie das? Schlagen Sie mir nicht auf den Rücken! Verrückt geworden? Was soll das denn?

Morge früh könne Sie ausschlofe! Die Firma isch pleite! Bankrott!

Was reden Sie da? Sagen Sie das nochmal!

Konkurs! Insolvenz! Halt Ende der Fahnenstange!

Das ist nicht wahr! Reden Sie keinen Unsinn!

Morge könne Sie des in der Zeitung lese!

Woher haben Sie diese Information?

Von einem Betroffenen persönlich. Ein Nachbar. Am Werkstor habe die heut Morge die gesamte Belegschaft haimg'schickt! Bis auf Weiteres, hätt's g'haiße.

Unglaublich! Und die wussten von nichts?

Null Ahnung! Der Bernd war sogar im Betriebsrat. Sie, der hat in meiner Küch beim Frühstück drei Topi gekippt! Der war fix un fertig!

Aber Mensch, die Übernahme war doch in trockenen Tüchern! Eine solide Investorengruppe, die Banken haben mitgespielt.

Alles Heuschrecke! Höre Se doch uff! Die könne Sie in ai'n Sack stecke un mit'm Knüppel druffschlage. Sie treffe immer den Richtige!

Am vergangenen Freitag habe ich noch mit dem neuen Geschäftsführer, einem Dr. Würz, den Termin vereinbart!

Wer waiß, wo der seinen Dr. g'macht hat!

Die wollten das System komplett umstellen. Den Laden umkrempeln. Waren brennend interessiert an unserer Software!

Jetzt könne Sie eventuell morge zugucke, wie die Hardware fortg'schafft wird. So schnell kann's gehe!

Bitte, ersparen Sie mir Ihre Witzeleien!

Für morge Mittag isch übrigens eine Protestkundgebung geplant. Vor dem Rathaus. Wie wär's? Dort stört sich niemand an Ihrem fleckige A'zügle.

Da bin ich gegebenenfalls längst weg! Aber jetzt möchte ich ...

Ja, telefoniere! Hab mich sowieso g'wundert, warum des Handy die ganze Zeit nic geklingelt hat. Bei'me G'schäftsmann!

Hatte ich abgeschaltet. Ausnahmsweise. Wollte beim Essen meine Ruhe haben. Schien ja auch alles geregelt.

Un dann war's nix mit Esse, gell?

Nein! Warum wohl?

Au, ebe klingelt's! Kaum ei'gschaltet. Oh lieber Gott, die Mailbox gut voll! En Haufe Nachrichte. Des seh ich von do!

Bitte lassen Sie mich jetzt allein! Am besten, Sie gehen nach Hause. Es könnte länger gehen. War nett mit Ihnen. Machen Sie's gut. Tschüs!

Diskretion, klar.

Ich bitte dringend darum!

Lasse Se sich Zeit! Ich wart so lang vor'm Schlappe. Am Badische Hof, wo Mykonos steht.

Nein, das müssen Sie doch nicht!

Was ich muss oder net, isch mei Sach!

Wie? Sie stehen noch da?

So lang hat's garnet gedauert. Sie komme mir aber blass vor.

Ich? Blass? Vielleicht dieses gelbe Licht?

Ihr Ex-Frau? Isch was mit de Kinner?

Nein, nein! Alles in Ordnung, soweit ich weiß.

Ihr Boss in Lüneburg? Ärger kriegt wege dem Eurotex-Flop?

Im Gegenteil! Die haben das auch erst nach dem letzten Updaten im Netz erfahren. Dickes Lob für meinen guten Riecher vorher.

Un des ab'gschaltete G'schäftshandy? Habe Sie ihm g'sagt, dass Sie in Ruh esse wollte?

Um Gottes willen! Das würde der Mann nie verstehen!

Au, habe Sie des schon g'sehe? Ihr linker Ärmel hängt halber runner! An de Schulter die Naht g'risse.

Weiß ich! Bin beim Telefonieren in den Gebüschen auf und ab gegangen. Vermutlich irgendwo hängengeblieben. Nicht so wichtig!

Des dürft aber bei so'me A'zügle net sei!

Macht nichts. Ich habe bequeme Sachen für die Heimfahrt dabei. Was ist? Gehen wir jetzt da rein? Bevor der Laden dicht macht.

Der hat lang offe. Grieche sin von Natur aus Nachtmensche.

Dann man zu! Jetzt so ein frisch gezapftes Pils!

Hoppla! Schon sin mer drin! Aber gell, Sie müsste mich halt ei'lade.

Das hatte ich ohnehin vor. Ich habe Ihnen rückblickend doch einiges zu verdanken.

Übrigens, ich bin der Helmut.

Carsten.

Gebe Sie mir mol – gib mir mol g'schwind dei Handy!

Was wollen – willst du denn damit? Deine Vera anrufen?

Ach was! Ich will dich knipse. Ein Erinnerungsbild.

Bei dem Licht? Und in diesem Aufzug?

Ja grad! In dem schöne Business-A'zügle mit Rotwein- und Cashmere-Anteil. Dann noch de Ärmel halber abg'risse. Des bringt's doch!

Na ja, ich weiß nicht. Aber meinetwegen. Wer den Schaden hat ...

Schon passiert. Do guck: Kurzurlaub im Wilden Süden. Oder so.

Grauenhaft! Sofort löschen!

Ja, de Durscht im Schlappe! Alla, geh'mer nei!

Eine flache Hierarchie

Bei uns geht's locker zu
beinah familiär irgendwie
vom Pförtner bis zum Chef
den es gefühlt garnet gibt
alle per Du

unsere Firmenphilosophie:
eine flache Hierarchie
versteh'sch?

Duckmäuser liege bei uns schief
wir brauche souveräne Leut
die laut mitdenke
die ihre Meinung sage
ihren Standpunkt vortrage
kontrovers und kreativ

gibt's mal ein Problem
sowas kommt überall vor
so zwischenmenschlich
mit'me Kolleg vielleicht
sitzt dir was net glatt
raus damit, net schlucke
such dir ein offenes Ohr
nimm kein Blatt vor de Mund

aber klar
bevor mer was sagt
sollt mer halt schon
e bissl gucke
wen mer vor sich hat

ich bin sicher, Jonas –
so darf ich doch sage?
du komm'sch bei uns zurecht
es g'fallt dir hier

ich bin übrigens der Charly
hab in der Marketing-Abteilung
drei Fraue unner mir.

Catwalk

Rüdiger, bitte
leg die Zeitung aus de Hand
guck mol g'schwind her
wenigschtens über de Rand
wie seh ich aus?
sag doch e Wort
geh'sch so mit mir fort?

isch des zu elegant?
bin ich overdressed
für den Feuerwehrball
in der Mehrzweckhall?
als Frau vom Kommandant
immerhin

isch der Ausschnitt zu gewagt?
guck mol mit so'me Männerblick
wenn ich mich – wie jetzt
zu dir nach vorne bück
zu offenherzig?
was soll des Gebrumm?

ich dreh mich mol um
wie seh ich hinne aus?
halt figurbetont
überm Po eng g'schnitte

um d'Schenkel rum arg knapp
drücke Pölschterle raus?
zeichnet sich de Schlüpfer ab?
kann ich sowas noch trage?
kann'sch ruhig sage

jetzt leg die Zeitung mol weg
guck halt mol richtig
dass ich dir g'fall
beim Feuerwehrball
isch mir doch wichtig

guck – schwarz im Tango-Look
der Rockschlitz g'hört so
sieh'sch des?
geht weit übers Knie
muss beim Tango so sei
aber wenn ich mich normal beweg
zum Schieber beim Feuerwehrball

guckt vom Schenkel nix raus
sag ehrlich, sieht des billig aus?
so nuttig irgendwie?
wirkt des ordinär?

Mensch, Rüdiger
guck halt mol her!

die Zuchtperlekett von deiner Mutter
könnt ich endlich mol trage
sieht toll aus – guck!
aber sie macht mich halt älter
vielleicht besser Modeschmuck?
was main'sch?

passe die knallrote Pumps
oder die giftgrüne besser?

was war des grad?
ich hab's genau g'hört!
ich sollt rechts de rote
links de grüne trage
oder von dir aus umgekehrt

Herrgott, Rüdiger!
lieb'sch du mich noch?
brumm jetzt net beim Lese:

ja, des wüsst ich doch!

Jingle Bells

Du, des isch mir wurscht, ob der Kevin aus deiner Klass zu Weihnachte so ein Touch-Handy kriegt! Oder wer des alles schon hat! Des müsse dene ihre Eltern wisse. Schwachsinn, ein Touch-Handy mit zehn! Von uns gibt's sowas jedenfalls net, baschta!

Dein Opa Heinz? Wenn der dir des kauft, dann kriegt er Krach mit mir! Den schmeiß ich raus! Am Hailige Obend bei der Bescherung. Nach der Kirch. Aber vor'm Esse! Des kann'sch ihm sage.

Hier, dein Wunschzettel. Wimmelt von Fehler, guck! Weihnachte ohne ›h‹ schreibe! Des tut doch weh! Oder do! Ich les vor: ›Ich will vom ...‹, jetzt kommt's, ›vom Chrischtkind‹ und so weiter. Also abgesehen davon, dass du nix zu wolle ha'sch, dir nur was wünsche kann'sch. Des nur nebebei bemerkt. Aber Christkind mit ›st‹, net mit ›sch‹! Wie sieht denn des g'schriebe aus! Chrischt-kind. Mensch, des isch doch Dialekt! So kann'sch von mir aus schwätze, aber doch net schreibe! Lernt ihr den Unnerschied in de Schul net? Ich könnt mit grobe Schnitzer grad so weitermache. Dass du Chrischtkind vorne net mit ›K‹ g'schriebe ha'sch, des wundert mich grad.

Aber ein Touch-Handy wolle, des passt! Dass du noch mehr Fehler mache kann'sch, nur noch schneller? Es renne doch waiß Gott schon genug halbe Anal... Analbaphe... Herrgott! ... Analphabete mit solche Dinger rum! Nachts uff de Straß sieht mer nur noch von unne beleuchtete G'sichter. So legasthenische Daumestupfler!

Horch, nach drei Woche müsst mer des Ding bei dir sowieso fortschmeiße! Warum? Weil das Display, der empfindliche

Touch-Screen, von deine Fettgriffel versaut wär! Vertouched, könnt mer sage. SMS von der Pommesbude. Ketchup, Mayo. Vom Dönerlade Joghurtsoß mit Zwibbelringle. Sprachgewaltiger Text: ›Hi, was geht? – Geil!‹ Nur ohne Satzzaiche natürlich. Für so eine Message brauch'sch du keine High Technology. Hör doch uff!

Überhaupt, diese überzwerche Schenkerei! Des isch doch nimme normal! Hauptsach, der Einzelhandel äußert sich zufrieden mit dem Weihnachtsgschäft! Herrgott, wer denkt denn bei dem ganze Zirkus an den ärmliche Stall im Funkloch von Bethlehem? Im Westjordanland. Die Golanhöhen. Israelisches Siedlungsgebiet. Eine scheiß Gegend! Des sagt dir net viel, gell?

Frage: Was hat denn des Jesuskindle zu seinem Geburtstag an Weihnachte kriegt? Soll ich dir des sage? Genau: nix! Oder doch, halt. Von de Hailige Drei König Gold, Weihrauch und Myrrhe, glaub ich. Die Könige kenn'sch von de Sternsinger. Der Melchior mit deutlichem Migrationshintergrund. Dem schmiert de Pfarrer immer Ruß ins G'sicht. Dass mer sofort sieht, der kommt von weiter her. Südlich vom Morgenland. Aus Zentralafrika vielleicht.

Bei solche G'schenke däd'sch du blöd gucke! Von dem Weihrauch kriegt mer Kopfweh. Und Myrrhe? Keine Ahnung, was des isch. Muss ich mol google. Klingt nach pflanzlicher Kosmetik. Nach orientalischem Badezusatz. Massageöl oder so. Halt wellnessmäßig. Also eher was für Fraue. Des Gold? Des hat der Vadder Joseph sofort im Kaftan verschwinde lasse. Zum Materialkaufe beim Baumarkt in Nazareth. Der war nämlich Holzwerker. Genauer g'sagt, Zimmermann von Beruf. Selbstständig im

Ein-Mann-Betrieb. Die Mutter Maria war Nur-Hausfrau. Die hat ihm nebeher vielleicht das Büro g'macht, die Buchhaltung. De Schreibkram erledigt. Rechnunge g'schriebe. Mit Zahle könne Fraue besser umgehe. Des sieh'sch bei mir und deiner Mutter. Wenn ich die net hätt! Aber egal.

Jedenfalls, des Büble isch net grad mit de Fettauge uff de Nudelsupp deherg'schwomme! So wie du. Dazu noch die schwierige familiäre Situation. Vaterschaft nie einwandfrei geklärt! Bis heut net! Angeblich soll ... aber des führt zu weit. Ich sag nur, wer's glaubt, wird selig.

Also, die sin zu dritt zur Volkszählung in Jerusalem erschiene. Bei der zuständigen Behörde vorstellig geworden. Beim Einwohnermeldeamt vermutlich. Die habe sich in der Schlang hinne a'stelle müsse. Wie ganz normale Leut. Was? Heilige Familie? – Ja, wahrscheinlich! Do könnt jeder komme. Dann noch ohne Papiere!

Was hat des Jesusle an Weihnachte noch kriegt? Von den Hirten auf dem Felde e Häfele Ziegemilch, en Brocke Schofskäs. Die habe doch selber nix g'habt. Kein Hemd am Arsch, uff deutsch g'sagt! Des isch heut immer noch so.

Gut, vielleicht hat's a noch so e kratziges Häkelmützle aus naturbelassener Schafswolle kriegt. Oder eine selber gebaschtelte Babyrassel, wenn's hochkommt. Eine Nuss mit Rollsplitt drin. Halt, Rollsplitt net. Des habe die noch net g'habt. Dann halt so trockene, harte Hasebeppele. Not macht erfinderisch. Hauptsach, es kleppert beim Schüttle un koscht nix! So Zeug hat des Kind kriegt. Und garantiert einen jesusmäßige Schnupfe vom Durchzug in dem Bretterverschlag. Es wird nachts kalt dort.

Aber bitte, des Büble hat was bewegt in sei'm kurze Lebe! Von wege rumhänge, chillen! Der hat Power g'habt. War vielleicht sogar e bissl übermotiviert. Dieser ›holde Knabe im lockigen Haar‹ hat die Welt nachhaltig verändert! Vor 2014 Jahr! Ohne den müsste mir jetzt net rumdiskutiere. Aber jedes Jahr, wenn der Kerle Geburtstag hat, des gleiche Theater!

Du, als junger Spund hat der schon die Händler aus'm Tempel g'scheucht! Weil ihn der hirnlose Kommerz g'nervt hat. Dabei war des damals noch relativ harmlos.

Ach Gott, wenn der heut vier Woche vor seinem Geburtstag in d'Stadt käm! Der däd durchdrehe! Mit der Nilpferdpeitsch däd der durch die Shopping-Mall renne, die Dekoration demoliere, den Sparbirnle-Stern von Bethlehem runnerschlage! Randaliere. »Schluss mit dem Affezirkus! Seid ihr noch ganz gebacke? So hab ich mir des net vorg'stellt! Mit mir hat des nix zu schaffe! Macht, was ihr wollt, aber nicht in meinem Namen! Ich bin doch net der Schirmherr von der Veranstaltung, von dieser komische Springprozession ums Goldene Kalb, Herrgottnochmal!«

Also gut, g'flucht hätt er vielleicht net. Obwohl, wer waiß? Wenn einem Gottessohn mol richtig de Krage platzt, isch der a nur en Mensch. Beim Vorbeirenne däd der sämtliche Stecker rauskicke. »Ich kann des depperte Jingle Bells nimme höre! Des Gepieps von eure Scanner!« Irgendwann würde der erschöpft rufe: »Gehet in euch, Brüder und Schwestern!« Na ja, leicht g'sagt. Wie solle denn d'Leut in sich gehe, wenn sie sich dort net wohlfühle? Grad im ›Media-Markt‹ oder bei ›Saturn‹ käm des net gut rüber. Dort wär der a mit de Stecker net ganz durchkomme.

Bis die Polizei käm, hätt der schon einige Delikte begange. Hausfriedensbruch, Sachbeschädigung, Störung der öffentlichen Ordnung, grober Unfug. Vor allem Volksverhetzung, in dem Fall Aufruf zur Konsumverweigerung.

Ich glaub, Beamtenbeleidigung oder Widerstand gegen die Staatsgewalt wär net sei Sach g'wese. In der Zeitung wär eher zu lese: ›Ein offenbar geistig verwirrter Mann ... bei seiner Festnahme leistete er keine Gegenwehr ... ohne Papiere ... zu seiner Identität und Herkunft ... verworrene Angaben ... nicht von dieser Welt und Ähnliches ... der Mann wurde vorläufig ...‹ und so weiter.

Ich sag dir, der Jesus käm heut in der Vorweihnachtszeit in einer Zwangsjack in die Psychiatrie!

Jetzt guck net so kariert! Sag mol, heul'sch du? Was gibt's denn do zu plärre? Wege dem blöde Touch-Handy, sag bloß? Horch, wenn du mir versprech'sch, dass du dich in de Schul ...

Was koscht denn so e Ding? Ha'sch dich wenigschtens mol erkundigt?

Der deutsche Sprichwort-Wart

Ich hab den Tag vor dem Abend gelobt
da kam der deutsche Sprichwort-Wart
hat fürchterlich getobt

ich hab mich nicht beizeiten gekrümmt
ein Häkchen werden wollt ich nie
da packte mich der Sprichwort-Wart
und bog mich übers Knie

ich hab andern eine Grube gegraben
und fiel nicht selbst hinein
da hängt mir der Kerl ein Schild um den Hals
›Ich bin ein Kameradenschwein‹

ich hab mich nicht nach der Decke gestreckt
ließ meine Füße sorglos unbedeckt
hab ohne Fleiß einen Preis bekommen
mich nicht einmal dafür geniert
da kam der Leitkultur-Dezernent
hat mir die Decke weggenommen
das Preisgeld konfisziert

dann war der Mai gekommen
die Bäume schlugen aus
ich schloss die Fensterläden
blieb mit Sorgen zu Haus
da hämmert es früh an der Tür
der deutsche Volkslied-Kommissar
Abteilung Waldes- und Wanderlust
steht mit dem Rucksack vor mir
zieht mich am Schlafittchen aus meinem dunklen Loch
ein Lied – drei, vier!
also bitte, es geht doch!
jetzt wird im Frühtau zu Berge marschiert!

ich bin mitten in der Nacht
schweißgebadet aufgewacht
hab geträumt
ich sei integriert!

Merk dir dei Red oder Streitkultur

Was? Mit mir kann mer net diskutiere? – Halt, jetzt red ich! Sag mol, merk'sch du des net? Es wird immer schlimmer mit deiner Rechthaberei! Altersstarrsinn oder was? Streitkultur soll des sei? Also, mir kommt des wie am Stammtisch vor. – Wieso?

Weil du mir ins Wort fall'sch, bevor ich was sag! – Doch, es isch so! Herrgott, ich kann's nimme höre! Dieses: »Moment, ich bin noch net fertig! – Merk dir dei Red!«

Dann schwätz'sch du weiter ohne Punkt und Komma. Gedankegäng um vier Ecke rum. Wie durchs Knie ins Herz g'schosse. Bis ich vergesse hab, um was es überhaupt geht. Entschuldigung, weil ich halt in einer halbe Stund an was anneres denk. – An was? Weil ich zum Beispiel überleg, was mer der Antje zum Geburtstag schenke könnt. Oder ob ich unser Zanderfilet in Mehl drehe und brate soll. Oder besser in einer Rieslingsoß dünschte. Mit Estragon. Plötzlich hör ich von dir: »So isch des nämlich! Hab ich Recht oder net? – Jetzt komm'sch du!«

Aber mei Red von vor einer halbe Stund hab ich mir net g'merkt. Ich hab de Fade verlore. Du natürlich net, klar. Du ha'sch schließlich die ganze Zeit an dem Fade weiterg'sponne. Ich drucks rum, weil ich inzwische des ganze Gesprächsthema nimme parat hab. Dann kommt von dir garantiert ein hartnäckiges: »Was isch? Ich hab dich unnerbroche. Wollt'sch du vorhin net was sage?«

Wehe, ich erlaub mir dann zu frage: »Von was habe mer's denn g'habt?«

Dann geht's aber los! Von wege, mit mir könnt mer net g'scheit diskutiere. Dabei sei Streitkultur in einer Beziehung so wichtig. Mensch, Rüdiger! – Nein, ich merk mir mei Red jetzt net! Ich schwätz durch! Du will'sch von mir immer nur wisse, dass du Recht ha'sch! Ich soll dir deine Meinung sage! – Doch, genau so lauft des ab!

Horch, ein Vorschlag! Ich überlass dir in Zukunft meine Redezeit, die ich sowieso net brauch. Du hock'sch dich zum Diskutiere vor den Spiegel im Flur. Dass es net so blöd aussieht. Natürlicher wirkt. Net wie ein Monolog. Dann kann'sch du argumentiere, unnerbreche, weit aushole, aber vor allem dir Recht gebe!

So, ich geh jetzt ins Bett. Merk dir dei Red. Bis morge.